I RACCONTI DELLE FATE

CHARLES PERRAULT

LA BELLA DEL BOSCO DORMIENTE

C'era una volta un re e una regina, ch'erano tanto tanto arrabbiati di non aver figli. Visitarono tutte le acque del mondo: voti, pellegrinaggi, divozioni spicciole, tutto inutile. Alla fine però la regi-na divenne gravida e partorì una bambina. Si fece un bel battesimo; si dettero per comari alla princi-pessina tutte le Fate ch'erano in paese (sette se ne trovarono), affinchè ciascuna le facesse un dono, come usavano le Fate a quel tempo, e così la principessina ebbe tutte le perfezioni immaginabili.

Dopo la cerimonia del battesimo, tutta la brigata tornò a palazzo reale, dove un gran festino era preparato per le Fate. Davanti a ciascuna fu messo un magnifico piatto con un astuccio di oro massiccio contenente un cucchiaio, una forchetta e un coltello di oro fine, ornati di diamanti e rubini. Ma mentre si pigliava posto a tavola, eccoti entrare una vecchia Fata, che non era stata invitata, per-chè da più di cinquan'anni non usciva dalla Torre, e la si credeva incantata o morta.

Il re le fece dare un piatto; ma non ci fu modo di darle un astuccio d'oro massiccio come alle altre, visto che solo sette se n'erano ordinati per le sette Fate. La vecchia si figurò che la disprezzas-sero e brontolò frai denti qualche minaccia. L'udì una giovane Fata che le stava vicino, e pensando che quella avrebbe potuto fare alla principessina qualche malefico incantesimo, s'andò a nascondere, subito dopo tavola, dietro una tenda, per esser così l'ultima a parlare e poter riparare alla meglio al male che avrebbe fatto la vecchia.

Le Fate intanto incominciarono a fare i loro doni alla principessa. La più giovane le promise ch'essa sarebbe la più bella ragazza del mondo; la seconda che avrebbe spirito come un angelo; la terza che avrebbe una grazia impareggiabile in ogni cosa che facesse; la quarta che ballerebbe a per-fezione; la quinta che canterebbe come un usignuolo, e la sesta che sonerebbe a meraviglia ogni sorta di strumenti. La vecchia Fata, venuta la sua volta, disse, crollando il capo, più dal dispetto che dalla vecchiaia, che la principessa si bucherebbe la mano con un fuso e ne morrebbe.

Il terribile presagio fece rabbrividire tutti e non ci fu un solo che non piangesse. Sbucò in quel punto di dietro la tenda la giovane fata, e disse forte queste parole: "Rassicuratevi, re e regina: è vero ch'io non ho tanto potere da disfare quel che ha fatto la mia anziana. La principessa avrà la mano bu-cata da un fuso; ma invece di morirne, cadrà solo in un sonno profondo, che durerà cento anni, in capo ai quali il figlio di un re verrà a svegliarla".

Il re, per cansare la disgrazia annunziata dalla vecchia fata, fece subito pubblicare un bando col quale si proibiva a chicchessia di filare col fuso o di aver fusi in casa, pena la testa.

Dopo quindici o sedici anni, un giorno che il re e la regina erano andati a una loro villa, la giovane principessa correndo qua e là pel castello e passando da una camera all'altra, montò fino in cima ad una torre, in una soffitta, dove una buona donna se ne stava soletta a filar la sua conocchia. La buona vecchia niente sapeva della proibizione del re. "Che fate, brava donna? domandò la princi-pessa. — Filo, bella giovane, rispose la vecchia che non la conosceva. — Ah, che bella cosa! esclamò la principessa; e com'è che fate? Date qua; voglio vedere se son buona anch'io." Detto fatto; e poichè era vivace e un po' stordita, ed anche perchè così ordinava la sentenza delle fate, si bucò la mano col fuso e cadde svenuta.

La buona vecchia, molto imbarazzata, chiama aiuto. Si corre da tutte le parti; si spruzza d'ac-qua la faccia della principessa; la slacciano; le battono nelle mani; le strofinano le tempie con l'acqua della regina d'Ungheria: tutto inutile!

Allora il re, che era rientrato in palazzo e che subito accorse al rumore, si ricordò della predi-zione delle fate, e pensando giustamente che la cosa doveva succedere poichè le fate l'aveano detto, fece allogare la principessa nel più sontuoso appartamento del palazzo, sopra un letto tutto ricamato d'oro e d'argento. Pareva un angelo, tanto era bella; poichè il deliquio non le avea tolto il vivo incar-nato delle guance e il corallo delle labbra. Solo gli occhi avea chiusi, ma la si sentiva respirar dolce-mente, e ciò facea capire che non era morta.

Ordinò che la lasciassero dormire in pace fino al tempo assegnato. La buona Fata che le avea salvato la vita condannandola a dormir cent'anni, trovavasi nel regno di Matacchino, dodicimila le-ghe lontano, quando alla principessa capitò la disgrazia; ma in un attimo ne fu avvertita da un nano che avea degli stivali di sette leghe, cioè che facean sette leghe in un sol passo. La Fata partì all'i-stante, e in capo ad un'ora arrivò sopra un carro tutto di fuoco tirato da dragoni e smontò nella corte del castello. Il re le porse la mano e l'aiutò a metter piede a terra. Ella approvò quanto da lui era stato fatto; ma, preveggente com'era, pensò che al momento di svegliarsi la principessa sarebbe stata molto imbarazzata trovandosi sola soletta in quel vecchio castello. Che fare? a che espediente ricorrere? In meno di niente, trovò.

Toccò con la sua bacchetta tutto quanto trovavasi nel castello, fuorchè il re e la regina: go-vernanti, dame d'onore, cameriere, gentiluomini, ufficiali, maestri di casa, cuochi, guatteri, galoppini, guardie, svizzeri, paggi, fantini. Toccò anche tutti i cavalli delle scuderie, non che i palafrenieri, i grossi mastini della corte, e la piccola Puff, la cagnetta della principessa che le stava accanto sul let-to. Toccati appena; tutti si addormentarono per destarsi poi nel punto stesso della loro padrona, per esser pronti a servirla. Perfino gli spiedi che stavano sul fuoco, carichi di fagiani e pernici, si addor-mentarono, e così pure il fuoco. Tutto ciò in un momento. Le Fate non andavano per le lunghe.

Allora il re e la regina, baciata la figlia loro senza svegliarla, uscirono dal castello e fecero bandire che a chiunque era proibito avvicinarvisi. Del divieto non c'era bisogno, perchè in un quarto d'ora, crebbero tutt'in giro al parco tanti e tanti alberi grandi e piccoli, tanti cespugli e spine ingrovi-gliati, che nè bestie e nè uomo vi potean passare; non si vedea più che la cima delle torri del castello, e anche da molto distante. Certo era pure questo, un colpo della Fata affinchè la principessa addor-mentata non fosse disturbata dai curiosi.

In capo a cent'anni, il figlio d'un regnante di allora, appartenente a una famiglia diversa da quella della principessa dormiente, trovandosi a caccia da quelle parti, domandò che mai fossero cer-te torri ch'ei vedeva spuntare di mezzo a un bosco foltissimo. Ciascuno gli rispose secondo ne avea sentito parlare. Dicevano gli uni che quello era un vecchio castello visitato dagli spiriti; gli altri che tutti gli stregoni del paese vi tenevano il loro sabbato. La credenza più comune era che un orco vi abitasse, e che là dentro ci si portasse quanti bambini potea prendere per mangiarseli a comodo, sen-za che si potesse seguirlo, visto che egli solo aveva potere di aprirsi un passaggio nel folto del bosco.

Il principe non sapea che pensare, quando un contadino prese la parola e gli disse: "Principe, più di cinquant'anni fa, mi diceva mio padre che in quel castello c'è una principessa la più bella che si possa vedere, che vi dovea dormire cent'anni e che l'avrebbe svegliata un figlio di re, cui ella era de-stinata."

A questo discorso il giovane principe si fece di fuoco. Credette subito che toccasse a lui met-ter fine alla bella avventura, e spinto dall'amore e dalla gloria, deliberò di veder all'istante di che si trattasse. Non appena si avanzò verso il bosco, tutti quegli alberi, quei cespugli, quelle spine, si apri-rono da sè per dargli il passo. Egli andò diritto al castello che sorgeva in fondo a un gran viale: stupì un poco però, vedendo che nessuno dei suoi l'aveva seguito, poichè gli alberi si erano ricongiunti, appena passato lui. Andò avanti lo stesso. Un giovane, principe e innamorato, è sempre valoroso. En-trò in una ampia anticorte, dove ogni cosa alla bella prima era capace di agghiacciarlo dal terrore. Un silenzio terribile; dapertutto l'immagine della morte; corpi distesi di uomini e di bestie che parevano morti. Il principe si avvide nondimeno al naso impustolito e alla faccia rossa degli svizzeri, che questi erano solo addormentati, e le tazze ancora contenenti qualche goccia di vino mostravano chiaro che s'erano addormentati bevendo.

Traversa una gran corte lastricata di marmo. Monta la scala, entra nel salone delle guardie, e le trova schierate in fila, carabina a spallarme, e russando della grossa. Traversa varie sale zeppe di dame e gentiluomi che tutti dormivano, chi ritto e chi seduto. Entra infine in una camera tutta dora-ta, dove, sopra un letto dalle cortine aperte da ogni lato, vide il più bello spettacolo che mai avesse visto, una fanciulla tra i quindici e i sedici anni, luminosa, splendida, divina. Si accostò ammirato e tremante e le s'inginocchiò vicino.

Allora, poichè la fine dell'incanto era arrivata, la principessa si svegliò, e guardandolo con oc-chi più teneri che un primo incontro non consentisse: "Siete voi, mio principe? gli disse; quanto vi siete fatto aspettare!" Estasiato da queste parole, e più dal modo con cui eran dette, il principe non sapeva come attestarle la sua gioia e la riconoscenza. Le giurò di amarla più di sè stesso. Parlava im-brogliato epperò piaceva di più: con poca eloquenza e molto amore si fa molto cammino. Egli era più imbarazzato di lei, il che è naturale. La principessa aveva avuto tutto il tempo di pensare alle cose da dirgli; perchè sembra (la storia non lo dice però) che la buona Fata, durante il lungo sonno, le procu-rava la dolcezza di piacevoli sogni. In somma, già da quattr'ore si parlavano, e non s'erano dette la metà delle cose da dirsi: "Come! bella principessa, esclamava il principe guardandola con occhi che si esprimevano molto meglio delle parole, la sorte amica mi mise al mondo per servirvi? Solo per me cotesti begli occhi si aprirono, e tutti i re della terra, con tutta la loro potenza, non avrebbero ottenu-to quel che io ottenni col mio amore? — Sì, caro principe, rispose la principessa, solo in vedervi io sento che siam fatti l'uno per l'altra. Voi vedevo, con voi discorrevo, voi amavo, durante il mio son-no. La Fata mi aveva empito la fantasia dell'immagine vostra. Io già sapevo che l'uomo destinato a toglier l'incanto sarebbe stato più bello dell'amore, che più di sè stesso mi avrebbe amato, e appena comparso, vi ho subito riconosciuto."

Intanto tutto il palazzo erasi svegliato con la principessa. Ciascuno pensava al proprio ufficio, e poichè non tutti erano innamorati, si morivano dalla fame, tant'era che non mangiavano. La dama di compagnia, non meno degli altri impaziente, disse forte alla principessa che la carne era in tavola. Il principe aiutò la principessa ad alzarsi. Era già vestita di tutto punto; ma egli si guardò bene dal dirle che era vestita come la vecchia nonna e che portava il colletto alto d'una volta. Non per questo era meno bella.

Passarono in una sala di specchi, e cenarono. Violini ed oboi sonarono motivi vecchi di cent'anni, ma sempre belli; e, dopo cena, senza perder tempo, il primo grande elemosiniere gli sposò nella cappella, e la dama d'onore tirò loro le cortine. Dormirono poco. La principessa non ne aveva gran bisogno e il principe la lasciò a punta di giorno, per tornarsene in città, dove il re suo padre do-vea stare in pensiero per lui.

Il principe gli disse di essersi sperduto a caccia nel bosco, e di aver dormito nella capanna di un carbonaio, che aveagli dato da mangiare pane nero e formaggio. Il re, che era un brav'uomo, gli credette; ma la regina madre non si capacitò, e vedendolo andare ogni giorno a caccia e trovar sem-pre delle scuse quando aveva dormito fuori due o tre notti, sospettò di qualche amoretto. Parecchie volte, per farlo discorrere, gli disse che la vita bisogna godersela; ma egli non osò mai confidarle il segreto: le volea bene ma ne avea paura. Ella era di razza orca e il re l'avea solo sposata perchè ricca a milioni. Susurravasi anzi in corte che avesse tutte le inclinazioni degli orchi, e che vedendo passare dei bambini, a gran fatica si tratteneva per non acciuffarli: sicchè il principe niente le disse. Durante due anni continuò a vedere in segreto la cara principessa e l'amò sempre più forte. Il mistero gli con-servò il gusto d'una prima passione, e tutte le dolcezze dell'imene non valsero a scemare gl'impeti dell'amore

Ma venuto il re a morte, e vistosi egli padrone, dichiarò pubblicamente il matrimonio, e si re-cò in gran pompa a prendere la regina sposa nel suo castello. L'entrata nella capitale fu una cosa ma-gnifica.

Qualche tempo dopo, il re andò a far la guerra all'imperatore Cantulabutta, suo vicino. Lasciò alla regina madre la reggenza, e molto le raccomandò la reginotta, ch'egli più che mai adorava, dopo averne avuto due figliuoletti, una bambina che chiamavano Aurora e un bambino cui davano il nome di Giorno, a motivo della loro somma bellezza. Il re doveva passare tutta l'estate alla guerra; e non appena lo vide partito, la regina madre mandò la nuora co' bimbi a una casa di campagna nei boschi, per aver più agio di saziare l'orrenda sua voglia. Vi andò pochi giorni dopo e disse una sera al suo maestro di casa: "Mastro Simone, domani a pranzo voglio mangiare la piccola Aurora. —Ah! Maestà, esclamò il maestro di casa... — Così voglio" riprese la regina con la voce di un'orca, che ha la voglia di mangiar carne fresca.

Il pover'uomo, vedendo che con un'orca, non c'è da scherzare, prese il suo trinciante, e montò in camera della piccola Aurora. La bambina aveva quattro anni, e ridendo e saltando gli si gettò al collo e gli domandò dei confetti. Egli si mise a piangere e il trinciante gli cadde di mano. Se n'andò allora giù al pollaio e tagliato il collo a un agnellino, lo condì con una salsa così gustosa, che la catti-va regina gli giurò di non aver mai mangiato niente di più squisito. Nel tempo stesso, portata via la piccola Aurora, il maestro di casa la consegnò a sua moglie perchè la nascondesse nella casetta da lo-ro occupata in fondo al cortile.

Otto giorni dopo la cattiva regina disse al maestro di casa: "Mastro Simone, stasera a cena voglio mangiare il piccolo Giorno". Quegli non fiatò, deciso di ingannarla come l'altra volta. Se ne andò dal piccino, e lo trovò con in mano un piccolo fioretto tirando di scherma con uno scimmione. Eppure non aveva che tre anni. Lo portò alla moglie che lo nascose con la piccola Aurora, e diè in cambio alla cattiva regina un capretto tenerissimo, ch'ella trovò prelibato. Le cose fin qui erano anda-te lisce; ma una sera, la cattiva regina gridò con voce tremenda: "Mastro Simone! mastro Simone!". Egli accorse e si sentì dire: "Domani voglio mangiare mia nuora!" Allora sì che mastro Simone dispe-rò d'ingannarla. La reginotta aveva vent'anni passati, senza contare i cent'anni che avea dormito. Avea la pelle un po' dura, benchè bella e bianca; e come fare per trovar nella corte una bestia di quell'età! Deliberò dunque, per aver salva la vita, di tagliar la gola alla reginotta, e montò in camera di lei con l'intenzione di non pensarci su due volte. Entrò, cercando di eccitarsi al furore, col pugnale in mano. Non volle però pigliarla alla sprovvista, e con gran rispetto le comunicò l'ordine ricevuto dalla regina madre. "Fate, fate pure, le diss'ella, porgendo il collo; eseguite l'ordine che vi si è dato. Andrò a rivedere i miei bimbi, i poveri miei bimbi, che tanto ho amato!" Li credeva morti, dopo che glieli avevan tolti senza dirle niente.

"No, signora, no, rispose il povero mastro Simone, tutto intenerito, voi non morrete. Andrete a rivedere i vostri cari bimbi, ma in casa mia, dove gli ho nascosti, ed io ingannerò ancora una volta la regina, dandole a mangiare una cervetta in cambio di voi".

Subito la condusse in casa di sua moglie, dove la lasciò ad abbracciare i suoi bimbi e a pian-gere con essi, e se n'andò a cucinar la cervetta che l'orca mangiò a cena col medesimo gusto che se fosse stata la reginotta. Era contentissima della sua crudeltà, e si preparava a dire al re, quando fosse tornato, che i lupi arrabbiati avean divorato la regina consorte e i due piccini.

Una sera che gironzava, come al solito, pei cortili del castello per fiutare qua o là della carne fresca, udì di dentro a una camera a terreno il piccolo Giorno che piangeva perchè la mamma lo vo-lea far frustare per una cattiveria da lui commessa, e udì pure la piccola Aurora che implorava perdo-no pel fratello. L'orca riconobbe la voce della reginotta e dei bimbi, andò su tutte le furie per l'ingan-no patito, e ordinò la mattina appresso con quella voce spaventosa che tutti facea tremare, che si por-tasse nel bel mezzo del cortile una grande tinozza. Fece poi empir questa di rospi, vipere, bisce e ser-penti, perchè la reginotta e i bimbi vi fossero gettati, non che mastro Simone, sua moglie e la serva. Avea dato ordine di menarli tutti con le mani legate dietro la schiena.

Erano già sul posto, e i carnefici si preparavano a gettarli nella tinozza, quando la reginotta domandò in grazia che almeno le facessero sfogare il suo cordoglio; e l'orca, per malvagia che fosse, consentì.

"Ahimè! ahimè! proruppe la povera principessa; debbo dunque morire così giovane? È vero che da molto sono al mondo; ma ho dormito cent'anni, e non è giusto che questi contino. Che dirai tu, che farai, povero principe, quando tornando qua non ti vedrai venire incontro per abbracciarti nè il piccolo Giorno così grazioso nè la piccola Aurora cosi carina, quando io stessa non vi sarò più? Se io pìango, per te piango; tu ci vendicherai forse, ahimè! su te stesso. Sì, miserabili, che obbedite ad un'orca, il re vi farà tutti morire a fuoco lento."

L'orca, udite queste parole che erano assai più di uno sfogo di cordoglio, urlò invasa dalla rabbia: "Obbedite, carnefici, e si getti all'istante nella tinozza questa ciarliera." Subito si accostarono i carnefici alla reginotta e l'afferrarono per la sottana; ma in quel punto stesso, il re, che non era così presto aspettato, entrò a cavallo nella corte. Avea viaggiato co' rilievi di posta, e domandò stupito che cosa significava quell'orrendo spettacolo. Nessuno avea coraggio di dirglielo, quando l'orca, arrabbiata di vedere quel che vedeva, si gettò da sè a capofitto nella tinozza, e fu in un attimo divorata dalle sozze bestie che vi aveva fatto mettere. Il re ne fu dispiacente; ma subito se ne consolò con la bella moglie e i figliuoletti.

Morale

È cosa assai naturale aspettare un po' di tempo per avere uno sposo ricco, valoroso, amabile e buono; ma aspettarlo cent'anni, dormendo sempre, non c'è donna oggi che se la senta.

La favola accenna anche a questo che spesso i dolci vincoli dell'imene non son meno dolci perchè differiti, e che ad aspettare non ci si rimette nulla.

Ma le donne aspirano con tanto ardore alle nozze, ch'io non ho forza nè coraggio di predicar loro questa morale.

BARBABLÙ

C'era una volta un uomo, che avea belle case e belle ville, vasellame d'oro e d'argento, mobili ricamati, carrozze tutte dorate; ma per disgrazia quest'uomo avea la barba blù; e ciò lo rendeva così brutto e terribile, che non c'era donna o ragazza che non scappasse in vederlo.

Una sua vicina, una gran signora, avea due figlie bellissime. Egli ne domandò una in moglie, lasciandole la scelta di dargli questa o quella. Nessuna delle due lo volea, e se lo rimandavano l'una all'altra, non potendo risolversi a sposare un uomo con la barba blù. Un'altra cosa le disgustava, ed era ch'egli s'era già parecchie volte ammogliato, nè si sapeva che n'era avvenuto delle diverse mogli. Barbablù, per far conoscenza, le condusse con la mamma, tre o quattro delle migliori loro amiche e alcuni giovani del vicinato, in una delle sue ville, dove si fermarono otto giorni intieri. Pas-seggiate, partite di caccia e di pesca, balli, festini, banchetti, non si facea altro. Anzi che dormire, si passava tutta la notte a giocarsi dei tiri, a scherzare; tutto in somma andò così bene che la più giova-ne cominciò a trovare che il padron di casa non avea la barba tanto blù e che era un uomo proprio come si deve. Tornati appena dalla villa, il matrimonio fu conchiuso.

In capo a un mese, Barbablù disse alla moglie di dover fare un viaggio in provincia, di alme-no sei settimane, per un affare di gran momento; si divertisse nell'assenza di lui, invitasse le amiche, le menasse se mai in villa, si trattasse sempre alla grande. "Ecco, le disse, le chiavi delle due grandi guardarobe, ecco quelle del vasellame d'oro e d'argento che non si adopera tutti i giorni, ecco quelle dei forzieri dove conservo l'oro e l'argento, quelle degli scrigni con le gemme, ed ecco il chiavino di tutti gli appartamenti: questa chiavetta qui è del gabinetto in fondo alla grande galleria dell'apparta-mento a terreno: aprite tutto, andate dapertutto: ma, quanto al gabinetto, vi proibisco di entrarvi, e tanto ve lo proibisco che se per poco lo aprite, non c'è nulla che non vi dobbiate aspettare dal mio fu-rore."

Ella promise di osservare appuntino gli ordini ricevuti; il marito l'abbraccia, monta in carroz-za, e via.

Le vicine e le buone amiche non aspettarono che si andasse a prenderle per correre dalla gio-vane sposa, tanto erano impazienti di vedere tutte le ricchezze della casa, non avendo osato venirvi quando c'era il marito, perchè aveano paura di quella sua barba blù. Eccole ora a correre, per le came-re, per le guardarobe, pei salottini, tutti più belli e più ricchi gli uni degli altri. Montate più su, non si saziavano di ammirare la quantità e la bellezza degli arazzi, dei letti, dei canapè, dei gabinetti, delle mensole, delle tavole, degli specchi dove si potea mirarsi da capo a piedi, e le cui cornici di cristallo, o di argento, o di metallo dorato, erano le più belle e magnifiche che si fossero mai viste. Nè ristava-no dall'esaltare e dall'invidiare le sorte dell'amica, la quale però non si divertiva punto a veder tante ricchezze, a motivo dell'impazienza che la rodeva di andare ad aprire il gabinetto dell'appartamento a terreno.

Tanto la punse la curiosità, che senza badare alla sconvenienza di piantare in asso la brigata, infilò una scaletta segreta, e con tanta furia discese che due o tre volte fu per rompersi il collo. Arri-vata all'uscio del gabinetto, si fermò un poco, pensando alla proibizione del marito e al pericolo della disobbedienza; ma la tentazione era così forte che non seppe resistere: prese la chiavettina e aprì tre-mando la porta del gabinetto.

Sulle prime, non vide niente, perchè le finestre eran chiuse; ma dopo un poco cominciò a di-stinguere che l'impiantito era tutto coperto di sangue rappreso, nel quale riflettevansi i corpi di varie donne morte e attaccate lungo le pareti. (Erano tutte le mogli che Barbablù aveva sposato e che avea scannato una dopo l'altra). Più morta che viva, si lasciò scappar di mano la chiave del gabinetto, la raccattò, poi, facendo uno sforzo per riaversi, richiuse la porta, scappò in camera sua; ma non c'era verso di calmarsi, tanto era, sconvolta.

Notò che la chiavetta era macchiata di sangue, l'asciugò due o tre volte, ma il sangue non se n'andava; per quanto lavasse e fregasse con sabbia e pietra pomice, il sangue rimaneva sempre, per-chè la chiavetta era fatata, nè c'era mezzo di pulirla a dovere: quando si levava il sangue da una par-te, lo si vedeva uscire dall'altra.

Barbablù tornò la sera stessa dal suo viaggio, e disse che via facendo avea ricevuto lettere che gli annunziavano risoluto a suo vantaggio l'affare per cui era partito. La moglie fece il possibile per dimostrargli che era più che contenta di quel pronto ritorno.

La mattina appresso, egli le ridomandò le chiavi, e subito indovinò, vedendole tremar le ma-ni, tutto quanto era successo. "Come va, disse, che non c'è qui la chiave del gabinetto? — L'avrò la-sciata di sopra sulla tavola, balbettò la poverina. — Non mancate di darmela subito" disse Barbablù!

Dopo varii pretesti, bisognò pure portar la chiave. Barbablù l'osservò e disse alla moglie: "Che è questo sangue sulla chiave? — Non ne so nulla, rispose la disgraziata, pallida come una morta. — No? non lo sapete? lo so io allora! gridò Barbablù. Siete entrata nel gabinetto? Ebbene, signora, ci entrerete di nuovo e prenderete posto accanto alle signore che avete visto."

Ella si gettò ai piedi del marito, piangendo, chiedendogli perdono, con tutti i segni di un vero pentimento per non avergli obbedito. Bella e afflitta com'era, avrebbe intenerito una rupe; ma Bar-bablù aveva il cuore più duro d'una rupe. "Bisogna morire, signora, disse e subito.— Se così è che debbo morire, rispose ella guardandolo con gli occhi bagnati di lagrime, datemi un po' di tempo per pregar Dio. — Vi do mezzo quarto d'ora, riprese Barbablù, non un minuto di più."

Rimasta sola, ella chiamò la sorella e le disse: "Sorella Anna, (chè cosí si chiamava) monta, ti prego, in cima alla torre per vedere se vengono i miei fratelli: mi promisero di venire oggi stesso, e se tu li vedi, fa loro segno che si affrettino". La sorella Anna montò in cima alla torre, e la povera afflit-ta le gridava di tanto in tanto: "Anna, sorella Anna, vedi venir nessuno? — E la sorella Anna le ri-spondeva: "Vedo soltanto il polverio del sole e il verdeggiar dell'erba."

Barbablù intanto, con in mano un coltellaccio, gridava sgolandosi alla moglie: "Scendi presto, o salgo io. — Ancora un momento, di grazia" rispondeva la moglie; e subito chiamava sommesso: "Anna, sorella Anna, vedi venir nessuno?" E la sorella Anna rispondeva: "Vedo soltanto il polverio del sole e il verdeggiar dell'erba."

— Scendi presto, gridava Barbablù, o salgo io. — Vengo, vengo, rispondeva la moglie; e poi tornava a chiamare: "Anna, sorella Anna, vedi venir nessuno? — Vedo, rispose la sorella Anna, una nuvola di polvere che viene da questa parte." — Sono i miei fratelli? — Ahimè! no, sorella mia: è una mandra di pecore. — Non vuoi discendere, eh? urlava Barbablù! — Un altro momento" rispon-deva la moglie, e poi chiamava: "Anna, sorella Anna, vedi venir nessuno? — Vedo, rispose la sorella, due cavalieri che vengono da questa parte, ma sono ancora molto lontano. — Sia lodato Iddio! esclamò l'altra un momento dopo, sono i miei fratelli; farò segno per quanto è possibile, che si affret-tino."

Barbablù si mise a gridar così forte che tutta la casa tremava. La povera donna discese, e gli si gettò ai piedi piangente e scarmigliata. "Cotesto non giova a nulla, disse Barbablù, bisogna mori-re!" Poi, con una mano acciuffatile i capelli, con l'altra alzando il coltellaccio, stava lì lì per tagliarle la testa. La povera donna, alzandogli in viso gli occhi morenti, lo supplicò di accordarle un momen-tino per raccogliersi. "No, no! gridò egli, raccomandati bene a Dio" e alzando il braccio... In quel punto si bussò così forte alla porta che Barbablù si arrestò in tronco. Si aprì, e si videro subito entrare due cavalieri, i quali, sguainate le spade, corsero addosso a Barbablù.

Riconobbe questi i fratelli della moglie, uno dragone, l'altro moschettiere, e scappò per sal-varsi, ma i due fratelli lo inseguirono con tanta furia che gli furon sopra prima che potesse afferrar le scale. Lo passarono da parte a parte con le spade e lo lasciarono morto. La povera moglie era quasi morta quanto il marito; e non avea forza di alzarsi per abbracciare i fratelli.

Barbablù non aveva eredi, e così la moglie rimase padrona assoluta di tutte le sue ricchezze. Una parte ne impiegò a maritare la sorella Anna con un giovane gentiluomo che da gran tempo le vo-leva bene; un'altra parte a comprare due brevetti di Capitano ai fratelli; e il resto a maritarsi lei, con un uomo molto per bene, il quale le fece dimenticare il brutto tempo passato in compagnia di Barba-blù.

Morale

Per attraente che sia, spesso la curiosità costa caro. Ogni giorno se n'hanno degli esempi. È, con buona pace delle donne, un piacere da nulla, che si dilegua non appena soddisfatto.

Altra Morale

Per poco che si abbia senno e si sappia decifrare il garbuglio del mondo, si vede subito che questa storia è una fiaba dei tempi andati. Un marito così tremendo o che voglia l'impossibile non si trova più. Anche scontento e geloso, lo si vede tutto miele con la moglie; e di qualunque colore sia la sua barba, è difficile riconoscere chi dei due è il padrone.

GRISELDA

A piedi degli alti monti; dai quali il Po scaturisce e si versa per le campagne, viveva un prin-cipe giovane e prode, che era la delizia del suo paese. Il cielo gli avea fatto, fin dalla nascita, ogni dono più raro, come se proprio si trattasse d'un gran re.

Era robusto, svelto, valoroso; amava le arti, la guerra, i grandiosi disegni, le prodezze, la glo-ria, quella sopratutto di rendere felice il suo popolo.

Un'ombra però oscurava quel bel carattere: in fondo in fondo al suo cuore, pensava il principe che tutte le donne fossero perfide e infedeli; anche la più virtuosa gli sembrava un'ipocrita, una su-perba, una nemica spietata, sempre ansiosa di tiranneggiare l'uomo disgraziato che le capitasse alle mani.

La pratica del mondo, dove tanti sono i mariti schiavi o ingannati, accrebbe ancora quest'odio profondo. Giurò dunque il principe, che se pure il cielo avesse a posta per lui formato un'altra Lucre-zia, mai e poi mai avrebbe preso moglie.

Così, dopo avere impiegato la mattina agli affari di stato, protetto i diritti della vedova e dell'orfano, abolito un'antica imposta di guerra, se ne andava a caccia il resto del giorno, dove i ci-gnali e gli orsi, per feroci che fossero, gli davano meno fastidio che non avrebbero fatto le donne, da lui sempre evitate.

I sudditi nondimeno, ansiosi di assicurarsi un successore non meno buono di lui, lo premura-vano sempre perchè s'ammogliasse.

Un giorno se ne vennero tutti a palazzo per tentare un ultimo sforzo. Prese la parola uno dei più eloquenti, e disse tutto ciò che si può dire in casi simili: che il popolo era impaziente di veder as-sicurato un erede al trono; che già si figurava di scorgere un astro nascente, e che questo avrebbe brillato d'una luce senza pari.

Rispose il principe in modo semplice e piano:

"Son lieto e commosso del vostro zelo, che mi è prova dell'amore che mi portate; e vorrei su-bito contentarvi, se non pensassi che il matrimonio è un certo affare, in cui la prudenza non è mai so-verchia. Osservate bene tutte le ragazze: finchè stanno in famiglia, sono virtuose, docili, modeste, sincere; ma appena maritate, la maschera non serve più, ed eccole mostrarsi nel loro vero carattere.

Questa diventa una bigotta brontolona; quella una fraschetta ciarliera, sempre in cerca d'amanti; una terza si atteggia a far la saputa; un'altra ancora si dà al giuoco, perde danari, gioielli, mobili, vestiti e manda la casa in rovina.

"In un sol punto, si somigliano tutte, nel volere a tutti i costi dettar la legge. Ora io son con-vinto che nel matrimonio non si può esser felici, quando si comanda in due. Se dunque voi bramate darmi moglie, trovatemi una fanciulla che sia bella, punto superba, non vanitosa, obbediente, pazien-te, senza volontà; ed io vi prometto di sposarla."

Ciò detto, il principe balzò in sella e si slanciò a spron battuto verso la pianura dove i compa-gni di caccia lo aspettavano.

Traversati campi e sentieri, li trovò alla fine che giacevano sull'erba. Tutti si alzano e fanno squillare i corni. Corrono e abbaiano i levrieri; i cani di punta scuotono il guinzaglio e tirano i servi che li tengono a fatica; galoppano e nitriscono i cavalli; rintrona la foresta, e in essa si sprofonda e scompare tutta la brillante e rumorosa brigata.

Fosse caso o destino, il principe prese un sentiero traverso dove nessuno lo segui; più corre, più si allontana dai suoi, fino a che non sente più neppure lo strepito dei cani e dei corni.

Si trovò così in un posto remoto ed ombroso, qua e là inargentato da un corso di acqua. Tutto intorno era silenzio; e mentre egli si lasciava andare all'incanto malinconico del bosco, ecco che una deliziosa apparizione gli colpisce gli occhi e gli fa battere il cuore.

Era una pastorella che guardava il suo gregge, standosene in riva d'un ruscello e facendo con mano esperta girare il suo fuso.

Il cuore più selvaggio ne sarebbe rimasto invaghito. Bianca come un giglio, con una bocca in-fantile, e due occhi più azzurri e più luminosi del firmamento.

Il principe, al cospetto di tanta bellezza, si avanza turbato; ma al calpestio la fanciulla si volta, arrossisce, abbassa gli occhi pudica, con una dolcezza, una sincerità, un candore, di cui il principe credeva incapace il bel sesso.

Preso da insolito terrore, egli fa un passo e, più timido di lei, le dice con voce tremula di aver perduto la traccia dei suoi cacciatori e le chiede se mai gli avesse visti passare pel bosco.

— Niente è apparso in questa solitudine, risponde la fanciulla. Ma state pur tranquillo, vi ri-metterò io sulla via.

— Io ringrazio il cielo, dice il principe, della mia sorte. Da molto tempo frequento questi po-sti, ma fino ad oggi ignoravo quel che essi hanno di più prezioso.

Così dicendo, si china per attingere nel ruscello un po' d'acqua.

— Aspettate, signore, dice la pastorella, e correndo verso la sua capanna, prende una tazza e la porge con grazia al cavaliere assetato.

I vasi più preziosi di cristallo e di agata, i più ricchi di oro e più artisticamente lavorati, non ebbero per lui mai tanta bellezza quanto quel rozzo vaso d'argilla.

Si avviarono insieme, traversarono boschi, rocce, torrenti. Il principe si guarda intorno, osser-va, nota, cerca d'imprimersi in mente la via.

Arrivarono alla fine in una boscaglia scura e fresca; e là, di mezzo ai rami, scerse da lontano, in mezzo alla pianura, i tetti dorati del palazzo reale.

Accomiatatosi dalla sua compagna, si allontanó tutto lieto della bella avventura; ma il giorno appresso si sentì vinto dalla noia e dalla tristezza.

Non appena gli fu possibile, tornò alla caccia, si staccò dagli amici, si cacciò nel bosco, e poi-chè ben si ricordava tutto il laberinto dei sentieri percorsi, trovò senza molta fatica la casa della pa-storella.

Seppe che si chiamava Griselda, che viveva sola col padre, che si nudrivano del latte delle lo-ro pecorelle e che dalla lana di queste, da lei filata, si facevano i vestiti.

Più la guarda, più s'innamora di tanta bellezza e di tante virtù; si compiace di aver così ben collocato i suoi primi affetti e, senza perder tempo, fa convocare il suo consiglio ed annunzia di aver trovato una sposa, una ragazza del paese, bella, saggia, bennata.

La notizia si sparse in un baleno, e non si può dire con quanta allegrezza fu accolta. Il più contento fu l'oratore, che attribuì alla propria eloquenza la riuscita; e subito per tutta la città si vide un curioso spettacolo, perchè tutte le ragazze fecero a gara per mostrarsi pudiche e modeste e attirar così l'attenzione del principe, i cui gusti erano notorii. Tutte mutarono di vestiti e di contegno; tossi-rono divotamente e raddolcirono la voce; le pettinature si abbassarono di mezzo palmo, i corpetti si abbottonarono fino alla gola; le maniche si allungarono.

Fervevano intanto per la città i preparativi per le nozze. Carri scolpiti e dorati, palchi, archi trionfali, fuochi d'artificio, balli, operette, musiche.

Arrivò alla fine il giorno sospirato.

Spuntata appena l'alba rosata, tutte le donne della città furono in piedi; il popolo accorre da tutte le parti, le guardie qua e là fanno far largo. Tutta la reggia rintrona di trombe, flauti, fagotti, cornamuse, tamburi.

Si mostra alfine il principe, circondato dalla sua corte, ed è salutato da un grido unanime di gioia; ma si rimane molto sorpresi nel vedere che, alla prima voltata, egli prende la via del bosco vi-cino, come tutti i giorni solea fare. "Siamo da capo, si diceva; eccolo che non sa resistere alla passio-ne e torna a caccia".

Il principe traversa la pianura, entra nel bosco, passa per questo e per quel sentiero, arriva fi-nalmente alla nota capanna.

Griselda, che avea sentito parlar delle nozze, voleva anch'essa assistere allo spettacolo, e in quel punto stesso, con indosso gli abiti della festa, usciva sulla soglia.

"Dove correte così svelta e frettolosa? le disse il principe, guardandola con tenerezza. Ferma-tevi. Le nozze non si potrebbero fare senza di voi. Sì, io vi amo, io vi ho scelto fra mille bellezze per passar con voi il resto della mia vita; se però voi non direte di no. — Ah, signore! esclamò ella, tanta gloria non è per me. Voi volete scherzare. — Tutt'altro. Ho già parlato a vostro padre; non manca che il vostro consenso. Ma perchè fra noi regni costante la pace, bisogna giurarmi che non avrete mai altra volontà fuor della mia. — Lo giuro, e ve lo prometto. Se avessi sposato l'ultimo del villaggio, avrei con gioia accettato di essergli schiava; tanto più con voi, mio signore e mio sposo."

Fissate così le nozze, fra gli applausi della corte, il principe conduce la sposa nella capanna, dove due damigelle la vestono e l'adornano per l'occasione.

Fulgida di beltà e di ricchezza, emerge finalmente la sposa dall'umile abituro ed è accolta da un'acclamazione entusiastica. Si asside maestosa sopra un gran carro di oro ed avorio, il principe prende posto al suo fianco, i cortigiani seguono in folla.

Tutto il popolo, avvertito della scelta del sovrano, accorre incontro al corteo; fa ressa intorno al carro; poco manca che non distacchi i cavalli. Si arriva alla chiesa; si compie il sacro rito; si scam-bia la promessa, si chiude la solenne giornata fra danze, giuochi, corse e tornei.

Il giorno appresso, tutte le autorità si presentano a palazzo per congratularsi coi novelli sposi. Griselda, circondata dalle sue dame, serbò un contegno da vera principessa. Tanto il cielo l'avea fa-vorita d'ingegno e di prudenza, che in breve acquistò i modi di una vera sovrana e seppe guidare le sue dame assai più agevolmente che non avesse guidato altra volta le sue pecorelle.

Prima che l'anno spirasse, le liete nozze furono benedette dal cielo col dono di una principes-sina, bella come un amore, che formò la delizia dei due giovani sposi.

Griselda volle da sè nudrir la bambina. "No, disse, non saprei resistere alle grida supplici della mia creatura; non saprei esser madre a metà della bambina che adoro."

Il principe intanto, sia che fosse meno infiammato dei primi giorni, sia che si facesse vincere dai soliti umori maligni, crede di scorgere non so che doppiezza in tutte le azioni della sposa. La vir-tù di lei gli pare un tranello; la dolcezza un'ipocrisia; ogni buona parola un artifizio. Guarda, spia, sorveglia, sospetta, tiranneggia; le toglie le vesti sfoggiate, gli anelli, le collane, tutti i ricchi doni di nozze; la chiude in camera, ed è assai se lascia penetrare in questa un po' di luce.

"Si vede, pensava Griselda, ch'ei mi vuol provare. Accetto volentieri la sua crudeltà e la vo-lontà del Signore. Più si soffre, più si è felici."

Ma il principe, non che commuoversi a tanta rassegnazione, diventa più cupo e sospettoso. "Tutti gli affetti di lei, pensa, son concentrati nella piccina; per questo è che non si cura di altro, ed ogni rigore le è indifferente. Per vederci netto, bisogna colpirla in quanto più le sta a cuore."

Un giorno che Griselda con la bimba fra le braccia, le dava latte, accarezzandola e sorriden-do, il principe entrò di sorpresa. "Vedo, disse, che le volete bene; eppure bisogna che ve la tolga, per educarla in tempo e perchè non prenda da voi qualche maniera un po' goffa. Per buona sorte, ho tro-vato una dama fra le più distinte, che le insegnerà tutte le virtù che una principessa deve avere. Pre-paratevi, perchè tra poco verranno a prenderla."

Ciò detto uscì frettoloso.

Griselda tace, piega la testa, rattiene a stento le lagrime; e quando vede arrivare lo spietato ministro degli ordini sovrani: "È forza obbedire" dice. Poi, presa e baciata la bimba, la consegna fra le mani di quell'uomo e le pare in quel momento di strapparsela dal cuore.

Sorgeva non lontano dalla città un monastero, famoso per l'antichità e per la regola austera che vi regnava. Alla pia badessa del luogo e alle cure delle suore fu consegnata la bimba, senza rive-larne la nascita, insieme con molti anelli di gran valore.

Il principe, che cercava di soffocare i rimorsi negli usati spassi della caccia, avea paura di ri-veder la moglie, come si avrebbe paura di rivedere una tigre cui fosse stato strappato il tigrotto. Ep-pure non trovò in lei che dolcezza, buone maniere, e perfino un affetto sincero come nei primi giorni della loro unione. A tanta bontà, più acerba sentì la punta del rimorso; ma cedendo ancora una volta, per debolezza di carattere, ai sospetti che lo torturavano, pensò di dare alla poveretta un novello col-po, e venne un giorno ad annunziarle che la bimba, pur troppo, era morta.

All'improvvisa notizia, poco mancò che Griselda non tramortisse; se non che, visto impallidi-re il marito, fece forza a se stessa, ingoiò le lagrime e non pensò ad altro che a rendergli meno amaro il dolore. Il principe, dal canto suo, commosso da tanta bontà, fu lì lì per confessare il vero, per dirle che la bimba era sempre viva e sana; ma gliene mancò il coraggio, e gli sembrò forse anche utile di prolungar la prova incominciata.

Da quel momento, l'affetto dei due sposi crebbe sempre più, e così si mantenne, senza mai stancarsi un momento, per quindici anni di fila.

La principessina intanto cresceva in senno e in ingegno; dalla madre aveva ereditato la bontà, dal padre il nobile contegno. Era anche bella come una fata; ed un gentiluomo di corte vistala per ca-so dietro la grata del convento, se ne invaghì perdutamente.

La principessa, per l'istinto che è proprio delle donne, si accorse della simpatia destata; e do-po avere un po' resistito, per convenienza, la ricambiò con egual calore.

Il giovane era bello, valoroso, nobile; e già da un pezzo il principe pensava di darlo in isposo alla figlia. Fu dunque lietissimo di sapere che si amavano; ma il capriccio gli venne di far loro com-prare a caro prezzo la maggior felicità della vita.

"Li contenterò, disse, ma bisognerà prima che il tormento ne accresca l'amore; eserciterò an-che, nel tempo stesso, la pazienza di mia moglie, non già per geloso sospetto, ma perchè rifulgano agli occhi di tutti la bontà di lei, la dolcezza, il senno, tutti i pregi per cui la terra dev'esser grata al cielo."

Dichiara dunque pubblicamente che, non avendo eredi ed essendo morta l'unica figlia avuta dal suo folle matrimonio, ei deve cercare altrove miglior fortuna; che la sposa scelta è d'illustre pro-sapia e che finora è stata educata in convento.

Figurarsi come questa notizia suonò amara ai due innamorati! In seguito, senza ombra di rammarico, egli annunziò alla moglie che era indispensabile separarsi; che il popolo, indignato de' bassi natali di lei, lo costringe a contrarre più degne nozze.

"Ritiratevi, dice nella vostra capanna, dopo aver ripreso le vostre vesti di pastorella."

Tranquilla e muta, la principessa ascoltò la sentenza. Il dolore la rodeva dentro, spremendole grosse lagrime dagli occhi, e rendendola più bella: così, a primavera, cade la pioggia mentre splende il sole.

"Voi siete il mio sposo e il mio padrone, rispose con un sospiro, e per terribile che sia la sorte che mi aspetta, vi mostrerò che la mia gioia maggiore è quella di obbedirvi".

Andò in camera sua, si spogliò delle ricche vesti, riprese in silenzio gli umili abiti di un tem-po, e di nuovo si presentò al principe, dicendo:

"Non so staccarmi da voi senza che mi perdoniate i dispiaceri che forse vi ho dato; posso sopportare la mia miseria, non già il vostro sdegno. Fatemi questa grazia, ed io vivrò contenta nell'umile mia dimora, senza che mai il tempo possa mutare il mio rispetto e il mio amore per voi."

Poco mancò che tanta sottomissione e tanta magnanimità non rimovessero il principe dal suo proposito. Commosso, quasi piangendo, egli stava sul punto di abbracciarla, quando di botto la ca-parbietà la vinse e gli fece dire con asprezza:

"Del passato non mi ricordo più. Sono contento di vedervi pentita. Andate!"

La poverina parte all'istante in compagnia del padre addolorato. "Torniamo, dice, ai nostri boschi, alla rozza dimora; lasciamo senza rimpianto il fasto della reggia. Le nostre capanne non han-no tanta magnificenza, ma vi si trova l'innocenza, la quiete, il riposo".

Torna al suo deserto, riprende fuso e conocchia e va a filare in riva a quel ruscello dove il principe l'avea trovata. Calma, senza rancore, prega di continuo il cielo che colmi lo sposo di gloria, di ricchezza, di quanto, possa bramare.

Ma il caro sposo intanto, volendo sempre più metterla alla prova, le manda a dire di venire a corte.

"Griselda, le dice, bisogna che la principessa cui domani mi fo sposo sia contenta di voi e di me. Aiutatemi dunque. Nessun risparmio, nessun ritegno; fate che in ogni cosa si manifesti la gran-dezza del principe, e di un principe innamorato. Mettete tutta l'arte vostra ad ornare gli appartamenti di lei; vi regni il fasto, la nettezza, la magnificenza; pensate che si tratta di una giovane principessa da me teneramente amata. Anzi, perchè meglio intendiate i vostri doveri, ve la farò subito conosce-re."

Arrivò in quel punto la giovane sposa, e parve più luminosa e sorridente dell'aurora. Griselda, al solo vederla, si sentì dentro un impeto di amor materno; si ricordò del passato e dei giorni felici. "Ahimè! pensò, la figlia mia, se il cielo l'avesse permesso, avrebbe la stessa età e sarebbe forse così bella".

Un affetto vivo, prepotente, la prese per quella fanciulla; e non appena la vide allontanarsi, non potè fare a meno di dire al principe, mossa dall'inconscio istinto materno:

"Permettete, signore, ch'io vi faccia notare che l'amabile principessa da voi scelta per sposa, cresciuta ed allevata negli agi e nella porpora, non potrà sopportare, senza pericolo della vita, gli stessi trattamenti che io m'ebbi da voi. Per me, il bisogno, gli oscuri natali mi avevano indurita alle fatiche, sicchè potevo sopportare ogni sorta di male, senza soffrirne e senza dolermi. Ma a lei, che non mai conobbe il dolore, la minima parola un po' aspra potrebbe far male. Io ve ne supplico, signo-re! trattatela con dolcezza".

"Pensate, ammonì severo il principe, a servirmi come potete; non sarà mai detto che una sem-plice pastorella mi faccia la lezione e m'insegni i miei doveri".

A queste parole, Griselda, senza aprir bocca, si ritira.

Arrivano intanto gl'invitati alle nozze; e il principe, in una magnifica sala, prima che la fun-zione incominci, parlò loro in questi termini:

"Nulla al mondo, dopo la speranza, è più ingannevole dell'apparenza, ed eccone una prova luminosa. Chi non crederebbe che la giovane principessa, mia eletta sposa, non sia felice e contenta? Eppure, non è così.

"Chi non crederebbe che questo giovane guerriero, vago di gloria, non sia lieto di queste noz-ze, egli che nei tornei riporterà vittoria su tutti i rivali? Eppure non è così. "Chi non crederebbe che Griselda, giustamente sdegnata, non pianga e non si disperi? Eppure ella non si duole, consente a tutto, e nulla potè stancare la sua pazienza.

"Chi non crederebbe finalmente alla fortuna che mi arride, vedendo la grazia di colei che amo? Eppure se le nozze mi legassero, io sarei il più disgraziato fra i principi del mondo.

"L'enigma vi sembra difficile, ma due parole ve lo spiegheranno, due parole che faranno dile-guare tutte le sventure or ora enumerate.

"Sappiate che la bella ed amata sposa è mia figlia, e che io la do in moglie a questo giovane signore, che l'ama ardentemente e n'è riamato.

"Sappiate pure che, vivamente commosso dalla rassegnazione della sposa fedele da me inde-gnamente scacciata, io la riprendo, per riparare col più fervente amore ai torti che le inflisse la mia crudele gelosia. Sarò più studioso di prevenire ogni suo desiderio che non fui costante a colmarla di amarezze; e se la memoria sarà eterna della mirabile rassegnazione di lei, voglio che molto più si parli della gloria onde io ne avrò coronata la virtù".

Come ad un improvviso raggio di sole che squarci le nuvole nere della tempesta, s'illumina e ride la campagna, così in tutti gli occhi si dileguò la tristezza, cedendo il posto alla più schietta alle-gria.

La principessina si gettò alle ginocchia del padre e teneramente le abbracciò; la rialzò il prin-cipe e
la condusse dalla madre, cui il soverchio della gioia toglieva quasi i sensi. Il cuore, costante e forte
contro gli assalti del dolore, soccombeva ora alla letizia, e la povera Griselda non poteva che piangere.
"Basta, disse il principe, sfogherete a miglior tempo gli affetti. Riprendete le vesti regali e so-
lenniziamo le nozze di nostra figlia".
Si va in chiesa, si scambia fra gli sposi la promessa; e subito dopo seguono feste, tornei, giuo-chi,
danze, musiche, banchetti. Tutti gli occhi si volgono a Griselda, tutte le voci esaltano la sua me-
ravigliosa pazienza. E tale e tanta è la gioia del popolo, che si arriva perfino a lodare la prova crudele
del principe bisbetico, alla quale si deve il perfetto modello d'una così bella e rara virtù, che tanto
aggiunge pregio alla donna.

I DESIDERI RIDICOLI

C'era una volta un taglialegna, il quale, stanco della vita — così almeno diceva — avea gran voglia di andarsene al mondo di là. Da che era venuto al mondo, a sentir lui, il cielo spietato non avea mai voluto esaudire un solo dei suoi voti.

Un giorno che così si lamentava nel bosco, gli comparve Giove con in mano un fulmine. Fi-gurarsi la paura del pover'uomo! "Niente voglio, esclamò gettandosi a terra, niente desideri, niente fulmini, e siamo lesti!"

"Non temere, lo rassicurò Giove. Commosso ai tuoi pianti, vengo a mostrarti il torto che mi fai. Ascoltami. Io, sovrano del mondo, ti prometto di esaudire i primi tre desideri che ti verranno in mente, quali che essi siano. Pensa a quel che meglio potrebbe formare la tua felicità; ma poichè que-sta dipende tutta dai tuoi voti, pensaci bene prima di farli."

Ciò detto, disparve. E il taglialegna, caricatosi il suo fardello, che gli parve ora una piuma, se ne tornò tutto lieto a casa.

"Bisogna, diceva cammin facendo, contenersi con giudizio; bisogna anche, vista la importan-za del caso, pigliar consiglio da mia moglie."

Entrato che fu nella capanna, subito contò ogni cosa.

"Orsù, disse, facciamo un bel fuoco, cara la mia Gegia. Siamo ricchi oramai, non dobbiamo che desiderare."

Non è a dire se la moglie formasse in mente mille e mille progetti; ma, considerato che biso-gnava agir con prudenza:

"Biagio, disse, amico mio, non guastiamo ogni cosa con la nostra impazienza. Vediamo bene quel che si ha da fare, e rimandiamo a domani il nostro primo desiderio. La notte si sa, porta consi-glio.

"Ben detto! approvò il marito. Ma intanto va a spillare un po' di vino di dietro a quei fasci-notti.

Arrivato il vino, bevve, si sdraiò sulla sedia e gustando tutta la dolcezza del riposo, esclamò:

"Con una bella fiammata come questa, ci vorrebbe proprio un metro di salsiccia."

Non appena dette queste parole, eccoti un lungo capo di salsiccia spuntare da un angolo del cammino e accostarsi serpeggiando alla moglie. Gettò questa un grido; ma pensando subito che la cosa era dovuta alla imprudenza del marito, si scagliò contro il pover'uomo con ogni sorta d'ingiurie.

"Quando si può avere un regno, disse: oro, perle, diamanti, broccati, tu, bietolone, mi tiri fuo-ri la salsiccia!

"Ebbene, ho torto, confessò Biagio; ho scelto male, ho commesso un marrone, farò meglio un'altra volta.

"Sì, sì, aspetta, ribattè la donna, animale che non sei altro!"

Seccato e irritato di questi rimproveri, il marito stette lì lì per desiderare di diventar vedovo; e forse, sia detto fra noi, non potea far di meglio.

"Gli uomini, disse, son davvero nati per soffrire! Maledetta sia la salsiccia e la tua mala gra-zia! Piacesse al cielo, brutta strega, che ti pendesse alla punta del naso!"

La preghiera fu all'istante esaudita. Detto fatto, il metro di salsiccia s'attaccò al naso di Ge-gia. La poverina non era brutta, e per dir la verità quell'ornamento non faceva buon effetto, meno questo che scendendole penzoloni sulla bocca gliela chiudeva a tutti i momenti, impedendole di par-lare: gran fortuna per un marito!

Potrei benissimo, diceva Biagio fra sè, per ricattarmi di questa disgrazia, col terzo desiderio che mi avanza farmi re addirittura... Ma bisogna anche pensare alla bella figura che mi farebbe la re-gina, assisa in trono con un metro di salsiccia attaccata al naso. Sentiamo il suo parere: se più le piace di diventare una sovrana con quel po' po' di naso, o invece rimaner contadina con un naso come l'hanno tutti"

Esanimato bene il caso, e benchè sapesse quel che valga uno scettro e che quando si è corona-ti si ha sempre un naso ben fatto, Gegia decise di conservare la sua cuffiona, piuttosto che esser re-gina e brutta.

E così il taglialegna non divenne nè potentato nè ricco; e fu ben felice di giovarsi del terzo desiderio che gli avanzava, perchè la moglie tornasse ad essere quel che era.

Tanto è vero che non tocca agli uomini, miseri come sono, ciechi, imprudenti, malevoli, for-mar dei desideri; e che pochi fra essi son capaci di ben giovarsi dei doni largiti loro dal cielo.

IL GATTO STIVALATO

Ai tre figli che aveva un mugnaio non lasciò altro che un mulino, un somaro e un gatto. La divisione fu presto fatta senza bisogno di notaio o procuratore, che s'avrebbero mangiato essi tutto il misero patrimonio. Il maggiore ebbe il mulino, il secondo l'asino, e l'ultimo il gatto. Non si consolava questi che gli fosse toccata una così magra porzione. "I miei fratelli, diceva, potranno, mettendosi in-sieme, guadagnarsi onestamente la vita; per me, mangiato che avrò il gatto e fattomi della sua pelle un manicotto, bisognerà che muoia di fame"

Il Gatto, che udì queste parole senza però farne le viste, gli disse in tono serio e posato: "Non vi affliggete, padroncino mio, datemi solo un sacco e fatemi far un par di stivali per andar nelle mac-chie, e vedrete che la vostra sorte non è poi tanto cattiva quanto credete."

Benchè poco ci contasse, il padrone del Gatto non disperò di cavarne un certo aiuto, tante bravure gli avea visto fare per chiappar sorci e topi, ora sospendendosi per le zampe di dietro ora fa-cendo il morto sulla farina.

Avuto il fatto suo, il Gatto s'infilò gli stivali, si mise in collo il sacco, ne afferrò i cordoni con le zampe davanti e se n'andò in una conigliera dove i conigli abbondavano. Empì il sacco di crusca e di cicerbite, e stendendosi come se fosse morto, aspettò che qualche giovane coniglio, poco esperto delle malizie di questo mondo, s'insinuasse nel sacco per mangiarvi quel che vi avea messo.

Coricatosi appena, il colpo fu fatto; uno storditello di coniglio entrò nel sacco, e mastro Gat-to strinse subito i cordoni, lo prese e lo uccise senza misericordia.

Tutto glorioso della preda, se n'andò dal re e domandò udienza. Lo fecero montare agli ap-partamenti di Sua Maestà, e là, fatto al Re un profondo inchino, disse il Gatto: "Ecco, Maestà, un coniglio di conigliera che il sig. marchese di Carabas (così gli venne in testa di chiamare il suo pa-droncino) mi ha incaricato di presentarvi. — Dirai al tuo padrone, rispose il Re, che del regalo son molto compiaciuto e lo ringrazio."

Un'altra volta, andò a nascondersi in un campo di frumento, tenendo sempre il sacco aperto, e quando due pernici vi furono entrate, tirò i cordoni e le prese tutt'e due.

Poi se n'andò dal Re, e gliele offrì come avea fatto dei conigli. Il Re accettò volentieri le due pernici e gli fece dare una mancia.

Per due o tre mesi continuò il Gatto a portare al Re di tanto in tanto un po' di caccia da parte del suo padrone. Saputo un giorno che il Re doveva andar a spasso in riva al fiume, insieme con la figlia, che era la più bella principessa di questo mondo, disse al suo padroncino: "Se mi date retta, la vostra fortuna è fatta: non avete che a fare un bagno nel fiume, in un posto che io vi indicherò, e poi lasciate fare a me."

Il marchese di Carabas seguì il consiglio del Gatto, senza indovinare a che potesse servire. Mentre faceva il bagno, si trovò a passare il Re, e il Gatto si diè a gridare con quanta ne aveva in go-la: "Aiuto! aiuto! il marchese di Carabas annega!" A quel grido il Re si affacciò allo sportello, rico-nobbe il Gatto che tante volte gli avea portato della caccia, e ordinò alle sue guardie di accorrere su-bito in aiuto del marchese di Carabas.

Mentre tiravan fuori dall'acqua il marchese di Carabas, il Gatto si avvicinò alla carrozza e dis-se al Re che due ladri erano venuti ed avean portato via i vestiti del marchese, per quanto egli si sgo-lasse a gridare al ladro! Il furbaccio gli avea nascosti sotto una grossa pietra.

Il Re ordinò subito agli ufficiali della guardaroba di andare a prendere il più sfarzoso vestito che vi fosse pel sig. marchese di Carabas. A lui stesso fece il Re mille gentilezze, e poichè i bei vesti-ti rialzavano la bella figura del giovane, la figlia del Re lo trovò molto di suo gusto e non appena il marchese di Carabas le ebbe rivolto due o tre occhiate rispettose ma un po' tenere, se ne innamorò fino alla follia.

Il Re se lo fece montare in carozza e lo volle compagno della passeggiata. Il Gatto, tutto lieto di veder riuscire il piano architettato, si diè a fare il battistrada e avendo visto dei contadini che fal-ciavano un prato, disse loro: "Buona gente che falciate, se voi non dite al Re che questo campo ap-partiene al signor marchese di Carabas, sarete trinciati e tritati come la carne per le salsicce."

Non mancò il Re di domandare ai falciatori a chi apparteneva quel prato che falciavano. "Al signor marchese di Carabas, risposero tutti ad una voce, tanto avevano avuto paura della minaccia del Gatto. "Avete costì una bella eredità, disse il Re al marchese di Carabas. — Voi vedete, Maestà, ri-spose il marchese, è un prato che tutti gli anni mi dà un reddito abbondante."

Mastro Gatto, che correva sempre avanti, incontrò dei mietitori e disse loro: "Buona gente che mietete, se voi non dite che tutto questo frumento appartiene al signor marchese di Carabas, sa-rete trinciati e tritati come carne di salsicce" Il Re, che passò subito dopo, volle sapere di chi fosse tutto quel frumento" Del signor marchese di Carabas » risposero i mietitori, e il Re se ne rallegrò di nuovo col marchese. Il Gatto che precedeva sempre, ripeteva la stessa storia con quanti incontrava; e il Re stupiva dei grandi possedimenti del signor marchese di Carabas.

Mastro Gatto arrivò finalmente ad un bel castello, il cui padrone era un Orco, il più ricco che mai fosse; poichè tutte le terre già dal Re attraversate dipendevano da quel castello. Informatosi di quel che fosse cotest'Orco e di quanto sapesse fare, il Gatto domandò di parlargli, dicendo che non avea voluto passare così vicino al suo castello senza aver l'onore di fargli riverenza.

L'Orco lo accolse con tutta quell'affabilità di cui un Orco è capace e lo fece riposare.

"Mi si è dato ad intendere, disse il Gatto, che voi avete il dono di mutarvi in qualunque sorta di animale, che potete, per esempio, diventar leone o elefante. — È vero, rispose burbero l'Orco, e per dimostrarvelo, adesso vedrete come mi trasformo in leone." Il Gatto fu così spaventato di veder-si davanti un leone, che spiccò un salto fin sulle grondaie, non senza fatica e pericolo, a motivo degli stivali che non erano buoni per camminar sui tetti.

Qualche tempo dopo, vistogli mutar forma il Gatto ridiscese e confessò di avere avuto una gran paura. "Mi hanno pure assicurato, disse, ma io non ci credo, che voi potete anche prender la forma dei più piccoli animali, di cambiarvi per esempio in topo o sorcio: vi confesso però che la cosa mi pare impossibile. — Impossibile? esclamò l'Orco, adesso vi fo vedere." E detto fatto si mutò in un topolino, che si diè a correre sul pavimento. Subito il Gatto gli saltò addosso e ne fece un bocco-ne.

Il Re intanto, passando pel castello dell'Orco, volle entrarvi. Il Gatto che udì il rumore della carrozza sul ponte levatoio, corse incontro e disse al Re: "Benvenuta, Maestà, nel castello del signor marchese di Carabas! — Come, signor marchese! esclamò il Re, anche questo castello è vostro? Niente può esser più bello di questo cortile e di tutte le fabbriche circostanti. Vediamone l'interno, di grazia."

Il marchese diè la mano alla principessina, e, tenendo dietro al Re che saliva, entrarono in un'ampia sala dove trovarono una lauta colazione che l'Orco avea fatto preparare per certi suoi amici, che doveano venire quel giorno stesso, ma che non aveano osato entrare, sapendo della presenza del Re. Ammaliato dalle buone qualità del marchese di Carabas, come già la principessina ne andava matta, e vedendo i molti beni da lui posseduti, il Re gli disse, dopo aver bevuto cinque o sei bicchieri di vino: "Sol che vogliate, signor marchese, voi potete divenir mio genero". Il Marchese, facendo in-chini sopra inchini, accettò l'onore che il Re gli faceva, e quel giorno stesso si sposò la principessa. Il Gatto divenne gran signore, e non corse più dietro i topi che per solo passatempo.

Morale

Checchè valga una ricca eredità che ci venga di padre in figlio, valgono assai più pei giovani l'industria e l'accortezza.

Se il figlio d'un mugnaio conquista così presto il cuore d'una principessa e si fa guardar da lei con languide occhiate, gli è che il vestito, l'aspetto e la giovinezza non son mezzi di poco conto per inspirare una tenera simpatia.

LE FATE

C'era una volta una vedova, che aveva due figlie: la prima tanto le somigliava nel viso e nel carattere, che veder lei e la mamma era tutt'una cosa. Erano tutt'e due così intrattabili e superbe che non era possibile viverci insieme. La seconda invece, che per dolcezza e civiltà era tutto il babbo, era anche la più bella ragazza che si potesse vedere. E poichè naturalmente si vuol bene a chi ci somiglia, la mamma farneticava per la prima e non potea soffrire la seconda, facendola mangiare in cucina e lavorare a tutto spiano.

Fra le altre cose le toccava alla povera ragazza andar due o tre volte al giorno ad attingere l'acqua due miglia lontano di casa, e riportarne piena una brocca. Un giorno, mentre stava alla fonta-na, le si accostò una povera donna che la pregò di darle a bere. "Volentieri, buona donna, disse la bella fanciulla e risciacquata lì per lì la brocca, attinse l'acqua nel posto più limpido della fontana, e gliela porse, reggendo sempre la brocca, perchè bevesse meglio. Bevuto che ebbe, la buona donna le disse: "Voi siete così bella, così buona, così affabile, che non posso fare a meno di farvi un regalo, (perchè era una Fata trasformatasi in una povera donna di villaggio, per vedere a che punto arrivasse l'affabilità della ragazza). E vi concedo il dono, che ad ogni parola che direte, vi uscirà di bocca o un fiore o una pietra preziosa".

Arrivata a casa la bella fanciulla, fu sgridata dalla mamma per essere tornata così tardi dalla fontana. "Vi domando scusa, mamma, disse la poverina, se ho indugiato un po' soverchio"; e pro-nunciando queste parole le uscivano di bocca due rose, due perle e due grossi diamanti. "Che vedo! esclamò stupita la mamma; le escono di bocca, mi pare, perle e diamanti. Com'è questo, figlia mia?" (Era la prima volta che la chiamava figlia). La povera ragazza ingenuamente le narrò quanto le era successo, e tutto il racconto fu anch'esso una pioggia di diamanti. "In verità, disse la mamma, biso-gnerà che vi mandi mia figlia. Guarda, Fanchon, guarda quel che esce di bocca a tua sorella quando parla. Non ti piacerebbe anche a te di avere quel dono? Ebbene, va alla fontana per attingere acqua, e quando una povera donna ti domanderà da bere, porgile affabilmente la brocca. — Bella figura fa-rei davvero, rispose quella di mala grazia, andando alla fontana! — Voglio che ci vada e subito," — ordinò la mamma.

Obbedì la figlia, ma sempre brontolando. Prese con sè il più bel vaso d'argento che fosse in casa. Arrivata appena alla fontana, eccoti sortir dal bosco una signora magnificamente vestita, che le si accostò pregandola di un sorso d'acqua. Era la stessa Fata comparsa alla sorella, ma che avea preso figura e vesti da principessa per vedere a che punto giungesse la ruvidezza di quella ragazza. "O che vi pare ch'io sia venuta qui per dar da bere a voi? rispose con superbia la screanzata. Che abbia porta-to a posta per la signora un vaso d'argento? Se volete bere, accomodatevi pure. — Siete poco genti-le, disse la Fata senza andare in collera; ebbene, vi fo il dono che merita la vostra sgarbatezza: ad ogni parola che direte vi uscirà di bocca un rospo o una serpe."

Appena l'ebbe vista di lontano, la mamma le gridò: "Ebbene, figliuola mia? — Ebbene, rispo-se la burbera, vomitando due vipere e due rospi. — Oh cielo! esclamò la mamma, che vedo! È tutta colpa della sorella, e me la pagherà". E così dicendo, corse per batterla. La povera ragazza scappò e andò a rifugiarsi nel bosco vicino. S'imbattè in lei il figlio del re, che tornava dalla caccia, e veden-dola così bella, le domandò che facesse là sola sola e perchè piangeva. "Ahimè! signore, gli è che la mamma mi ha scacciata di casa". Il figlio del re che le vide uscir di bocca sei perle e sei diamanti, la,pregò di dirgli donde venisse quel dono.

Ella gli narrò ogni cosa. Il figlio del re se, ne innamorò, e considerando che un dono simile valeva assai più di qualunque più ricca dote, la condusse al palazzo del Re suo padre, e la sposò.

Quanto alla sorella, tanto si fece prendere in uggia, che la mamma la scacciò; e la disgraziata, dopo aver molto camminato senza trovare un cane, che la ricevesse, andò a morire sul margine d'un bosco.

Morale

Diamanti e monete d'oro hanno sugli animi un gran potere; ma le parole cortesi hanno assai più forza e valore.

Altra morale

La cortesia costa un po' di studio e di tolleranza; ma prima o dopo ha il suo compenso, spesso anzi quando meno ci si pensa.

RICCHETTO DAL CIUFFO

C'era una volta una regina, la quale mise al mondo un figlio, così brutto e mal fatto che si stentò un pezzo a crederlo un essere umano. Una Fata, presente alla nascita, assicurò nondimeno che il bambino sarebbe stato amabile lo stesso, visto che avrebbe avuto molto spirito; soggiunse anzi che in virtù del dono da lei fattole, egli avrebbe potuto comunicare tutto il proprio spirito alla persona che avesse amato.

Tutto ciò consolò la povera regina, che era desolata per aver dato alla luce un così sconcio marmocchio. Vero è che il bambino non appena incominciò a parlare, disse mille cose graziose, con questo di più che aveva in tutti i suoi modi non so che di spiritoso, che tutti n'erano incantati. Dimenticavo dire ch'egli era nato con un ciuffettino sulla testa, ond'è che lo chiamavano Ricchetto dal ciuffo, essendo Ricchetto il nome suo di famiglia.

In capo a sette, otto anni, la regina d'un regno vicino partorì due bambine. La prima era più bella del giorno, e la regina n'ebbe tanta contentezza che si temette per la sua salute. La stessa Fata, che aveva assistito alla nascita del piccolo Ricchetto dal ciuffo, era presente, e per moderare la gioia della regina, dichiarò a questa che la principessina non avrebbe avuto punto spirito e che sarebbe sta-ta sciocca per quanto bella. La regina ne fu mortificata; ma, pochi momenti dopo un maggior dolore le toccò, poichè la seconda figlia si trovò che era brutta all'eccesso. "Non vi affliggete tanto, signora, le disse la Fata; vostra figlia sarà compensata per un altro verso, e tanto spirito avrà che sarà quasi impossibile accorgersi dell'assenza di bellezza in lei. — Dio lo voglia, esclamò la regina; ma non ci sarebbe mezzo di fare avere un tantino di spirito alla sorella maggiore, che è così bella? — Per lei, si-gnora, nulla posso io per quanto riguarda lo spirito, rispose la Fata; ma tutto posso quanto a bellezza; e poichè per farvi contenta son pronta a fare qualunque cosa, le darò per dono di poter rendere bello o bella la persona che le andrà a genio".

Via via che si facevan grandi le due principessine, crescevan anche i loro pregi, sicchè si di-scorreva da per tutto della bellezza della prima e dello spirito della seconda. Vero è che anche i di-fetti crebbero con l'età. La seconda diventava sempre più brutta, la prima sempre più sciocca: o non rispondeva a chi l'interrogava o diceva una scempiaggine. Era inoltre così goffa, che non riusciva a posare quattro porcellane sul marmo d'un caminetto senza romperne una, nè a bere un bicchier d'ac-qua senza versarsene la metà sui vestiti.

Benchè la bellezza sia un gran vantaggio in una giovanetta, la brutta faceva sempre miglior figura della sorella nelle brigate. A primo tratto si andava verso la bella per vederla e ammirarla; ma subito dopo si correva da quella che aveva più spirito, per udire dalla sua bocca mille cose graziose; sicchè in meno d'un quarto d'ora la grande non aveva intorno a sè anima viva, l'altra invece era cir-condata da tutte le parti. Stupida com'era, la grande se n'avvide, e avrebbe dato volentieri tutta la sua bellezza per avere metà dello spirito della sorella. La regina, per quanto fosse prudente, non potè fare a meno di rimproverare parecchie volte la sua sciocchezza, il che poco mancò non facesse morir di dolore la poverina.

*

* *

Un giorno essendosi rifugiata in un bosco per piangere la sua disgrazia, si vide venire incon-tro un omicciattolo deforme, ma sfarzosamente vestito. Era il giovine principe Ricchetto dal ciuffo, che s'era innamorato di lei avendone visto i ritratti sparsi per tutto il mondo, ed avea perciò lasciato il regno paterno per avere il piacere di vederla e parlarle. Tutto lieto di trovarla sola, le si avvicinò con tutto il rispetto e la gentilezza immaginabili. Poi vistala così malinconica, le disse, dopo i consueti

complimenti: "Non capisco, signorina, come mai una così bella fanciulla possa essere così triste; perchè infatti, benchè io possa vantarmi di aver visto migliaia di bellezze, nessuna, vi assicuro, nemmeno alla lontana, è paragonabile a voi". Bontà vostra, signore, rispose la principessa, e non disse altro.
— La bellezza, riprese Ricchetto, è tal pregio che vale tutto il resto; e quando la si ha, non so vedere come ci si possa affliggere. — Preferirei, disse la principessa, esser brutta come voi e aver dello spirito, all'esser bella e stupida come sono. — Il più sicuro indizio di spirito è la persuasione di non averne, signorina; più se ne ha, più si crede di mancarne. — Cotesto non lo so, disse la principessa; so bene invece di essere molto stupida, e da ciò deriva il dolore che mi uccide. — Se non è che questo, signorina, io posso facilmente far cessare le vostre pene. — E come farete? esclamò la principessa.
— Io ho il potere, signorina, disse Ricchetto dal ciuffo, di dare tutto lo spirito possibile e immaginabile alla persona da me amata; e poichè questa persona siete proprio voi, signorina, da voi solo dipende aver quanto spirito volete, purchè acconsentiate a sposarmi".
La principessa rimase interdetta e non rispose. "Vedo, riprese a dire Ricchetto, che la propo-sta vi dispiace, nè già ne stupisco; ma vi do un anno intiero per risolvervi". La principessa, sciocchina com'era e smaniosa di diventare intelligente, si figurò che la fine di quell'anno non dovesse mai arrivare; di tal che accettò la proposta. Non appena ebbe promesso a Ricchetto dal ciuffo di sposarlo in capo a un anno, il tal giorno, che si sentì subito tutt'un'altra persona; diceva con gran facilità tutto ciò che le piacesse, e lo diceva con grazia, con naturalezza, con disinvoltura. Cominciò in quello stesso momento una conversazione galante e vivace con Ricchetto dal ciuffo, nella quale tanto brillò che Ricchetto pensò di averle dato più spirito di quanto se ne fosse serbato per sè.
Tornata che fu al palazzo, tutta la Corte non sapea che pensare dell'improvviso e straordinario mutamento; poichè per quante impertinenze avevano udito prima dalla bocca di lei, per altrettanto ne ammiravano ora le parole assennate e spiritose. Tutta la corte n'ebbe una gioia da non si dire; solo la sorella minore non ne fu molto allegra, poichè, non avendo più il vantaggio dello spirito, non pareva più a fianco di lei che una bertuccia tutt'altro che simpatica.
Il re la consultava ad ogni poco, e qualche volta perfino teneva consiglio nell'appartamento di lei. Alla fama del mutamento avvenuto, tutti i giovani principi dei regni vicini fecero ogni sforzo per farsi amare dalla principessa, e quasi tutti ne chiesero la mano; ma ella non ne trovava alcuno che avesse spirito abbastanza, e mentre a tutti dava retta, con nessuno s'impegnava. Ne arrivò alla fine uno così potente, ricco, spiritoso, ben fatto, che la principessa non potè fare a meno di guardarlo di buon occhio. Accortosene il padre, le disse che la lasciava libera di scegliersi uno sposo. Ma poichè, quanto più si ha spirito tanto più si dura fatica a prendere una ferma risoluzione in simili faccende, la principessa, dopo aver ringraziato il padre, domandò un po' di tempo per pensare.
Se n'andò per caso a passeggiare nello stesso bosco dove s'era imbattuta in Ricchetto dal ciuffo, per meditare più comodamente sul da fare. Mentre passeggiava immersa nei suoi pensieri, udì sotto i piedi un rumor cupo, come uno scalpiccìo di gente affaccendata. Stette in ascolto e sentì una voce che diceva: "Portami cotesta pentola". E un'altra: "Dammi cotesta caldaia". E un'altra ancora: "Metti legna al fuoco". Nel punto stesso si aprì la terra, ed ella vide in giù come una grande cucina piena di guatteri, cuochi, servi, rosticcieri. Venti o trenta di questi andarono a prendere posto in un viale del bosco intorno ad un tavolone, e là, con in mano il lardatoio e la coda di volpe sull'orecchio, si misero a lavorare in cadenza al suono di un'armoniosa canzone.
Stupita a quello spettacolo, la principessa domandò per chi lavorassero. "Lavoriamo, rispose quello che pareva il capo della banda, per il principe Ricchetto dal ciuffo, le cui nozze si faranno domani".
La principessa, ancor più sorpresa di prima, si rammentò di botto che proprio il giorno ap-presso scadeva il termine della promessa fatta a Ricchetto dal ciuffo. Se n'era scordata, perchè nel momento di farla era una sciocchina; e poi divenuta intelligente per opera e virtù del principe, s'era scordata di tutte le sue sciocchezze.

Non aveva fatto una trentina di passi seguitando la sua passeggiata, quando ecco le si presen-ta Ricchetto dal ciuffo, ardito, magnifico, come un principe che vada a nozze. "Eccomi, signorina, le disse, puntuale a mantener la parola, e son sicuro che voi siete qui per mantener la vostra, rendendomi col dono della vostra mano il più felice degli uomini. — Francamente vi confesserò, rispose la principessa, che una decisione non l'ho ancora presa, nè credo che la prenderò mai quale voi la desiderate. — Voi mi fate stupire, signorina, esclamò Ricchetto dal Ciuffo. — Lo credo, disse la principessa, e certo, se avessi da fare con un uomo brutale, senza spirito, mi troverei molto imbarazzata. La parola di una principessa è sacra, egli mi direbbe, e bisogna che voi mi sposiate come prometteste; ma siccome la persona a cui parlo è la più intelligente che sia al mondo, io son sicura che sarà anche ragionevole. Voi sapete che, da sciocca qual'ero, io non mi risolvevo a sposarvi; come volete ora, dopo avermi dato tanto spirito da rendermi assai più meticolosa di prima, ch'io prenda oggi una risoluzione che non potei prendere allora? Se voi pensavate sul serio a sposarmi, aveste molto torto a guarirmi della mia grulleria e di farmi veder più chiaro che prima non vedessi. — Se un uomo senza spirito, rispose Ricchetto, avrebbe motivo, come voi dite, di rinfacciarvi la mancanza di parola, perchè volete, o signorina, ch'io non faccia lo stesso in un fatto in cui tutta la felicità della mia vita è in giuoco? Vi par giusto che le persone dotate d'intelligenza siano poste in condizione inferiore di quelle che non ne hanno? e potete voi pretender questo, voi che tanto ne avete e tanto sospiraste per averne? Ma veniamo al fatto, se vi piace: a parte la mia bruttezza, c'è in me qualche cosa che non vi vada a genio? Siete scontenta della mia nascita, del mio spirito, del mio carattere, dei miei modi? — Tutt'altro, rispose la principessa; mi piacciono in voi tutti i pregi che avete enumerati. — Se così è, riprese Ricchetto dal ciuffo, vuol dire che sarò felice, poichè voi potete far di me il più amabile degli uomini. — E come? esclamò la principessa. — La cosa accadrà, rispose Ricchetto, se voi mi amate abbastanza per desiderare che accada; e affinchè non ne dubitiate, sappiate, signorina, che quella stessa Fata da cui ebbi il dono di rendere intelligente la persona da me amata, fece anche a voi il dono di poter render bello colui che vi deciderete a beneficare col vostro amore. " — Se stanno così le cose, disse la principessa, io desidero con tutto il cuore che voi diventiate il più bello e il più amabile principe del mondo; e per quanto da me dipende vi fo questo dono".

Non avea finito di pronunciar queste parole, che Ricchetto dal ciuffo le apparve il più bell'uomo, il meglio fatto, il più amabile che avesse mai visto. Assicurano alcuni che non già l'incan-tesimo della Fata operò la trasformazione, bensì l'amore. Dicono che la principessa, considerata la costanza dell'amante, non che la discrezione e tutti gli altri pregi di mente e di cuore, non vide più la deformità del corpo e la bruttezza del viso; che la gobba le sembrò l'atteggiamento elegante di un uomo che si curvi, e che, mentre l'avea prima visto zoppicare maledettamente, trovò adesso in lui un'andatura un po' inclinata, piena di grazia. Dicono inoltre che gli occhi loschi del principe le parve-ro brillanti, che nel loro disordine credette di scorgere il segno d'un amore sfrenato, e che finalmente quel suo naso rosso ebbe per lei non so che di marziale e di eroico.

Checchè ne sia, la principessa gli promise subito di sposarlo, purchè il re padre consentisse. Il re, visto che la figlia avea grande stima per Ricchetto dal ciuffo, già da lui conosciuto per principe saggio e intelligentissimo, lo accolse volentieri come genero. Il giorno appresso si fecero gli sponsali, come Ricchetto dal ciuffo avea previsto e secondo gli ordini da lui stesso dati molto tempo innanzi.

Morale

C'è in questa storia più verità che fantasia; tutto è bello nella persona amata; tutto ciò che si ama ha la grazia dello spirito.

Altra morale

Per toccare un cuore, la più eletta bellezza, il più splendido incarnato, ogni più squisito dono della natura, avranno meno potere di una sola grazia invisibile che l'amore vi metta.

27

PELLE D'ASINO

C'era una volta un re così grande, così amato dai suoi popoli, così rispettato dai vicini e dagli alleati, che si potea dire il più avventurato dei sovrani. La sua fortuna era anche confermata dalla scelta fatta d'una principessa non meno bella che virtuosa, con la quale viveva nel massimo accordo. Dalla loro unione una figlia era nata, così colma di grazia che non faceva lor lamentare di non avere una più larga figliolanza.

Il lusso, il gusto, l'abbondanza regnavano a palazzo; i ministri erano bravi e giudiziosi; i corti-giani virtuosi e affezionati; fedeli e laboriosi i servi; vaste le scuderie, con cavalli magnifici coperti di ricche gualdrappe; se non che gli stranieri che venivano ad ammirare quelle scuderie stupivano in ve-dere nel posto più appariscente un asino con tanto d'orecchi. Non già per capriccio aveva il re collo-cato la bestia a quel modo. Le virtù di quel rarissimo asino meritavano la distinzione, poichè così straordinariamente la natura lo aveva dotato, che il suo strame, non che apparir sudicio, era tutte le mattine largamente coperto di scudi e monete d'oro d'ogni sorta, che si andava a raccogliere al suo primo svegliarsi.

Ora, poichè le vicende della vita non risparmiano mai i re e poichè ai beni si mescola sempre qualche male, volle il cielo che la regina fosse colta da un subitaneo malore, contro il quale la scienza medica nulla potette. La desolazione fu generale. Il re, sensibile e affezionato, tuttochè si dica che il matrimonio è la tomba dell'amore, si affliggeva smisuratamente, portava voti a tutte le chiese del re-gno, offriva la propria vita in cambio di quella della sposa adorata; ma i numi e le fate furono sordi. Sentitasi prossima a morire, disse la regina al marito piangente: "Permettetemi, prima di morire, che io vi domandi una grazia: se mai vi venisse voglia di riammogliarvi..." A. queste parole, il re mandò un grido da spaccare il cuore, afferrò le mani della moglie, le bagnò di lagrime, giurò che era inutile di parlare di seconde nozze. "No, no, disse, cara regina, parlatemi piuttosto di seguirvi. — Lo Stato, riprese la regina con fermezza, esige un erede e poichè soltanto una figlia io vi ho data, è naturale che vi si faccia pressione perchè abbiate dei figli a voi somiglianti; ma io vi chiedo ardentemente, per tutto l'amore che mi portaste, di non cedere alle insistenze del vostro popolo, se non quando avrete trovato una principessa più bella di me. Voglio che me lo giuriate, e così morrò contenta."

Si sospetta che la regina, la quale non mancava di amor proprio, avesse preteso quel giura-mento, nella sicurezza che nessuna donna al mondo potesse rivaleggiar con lei. Finalmente morì. Lo strepito che fece il marito non si può dire: pianti, singhiozzi giorno e notte, furono la sua unica occu-pazione. Ma i grandi dolori non durano. E poi anche i grandi dello Stato si riunirono e vennero a pre-gare il re che si riammogliasse. La proposta provocò un novello scoppio di lagrime. Il re si scusò col giuramento fatto, sfidando tutti i consiglieri a trovare una principessa più bella della buon'anima. Ma il consiglio non fece caso della promessa, e disse che poco importava della bellezza, purchè la regina fosse virtuosa e non sterile; che la sicurezza dello Stato esigeva un erede; che la figlia del re posse-deva, in verità, tutte le doti d'una gran regina, ma che bisognava poi darla in moglie ad uno straniero; e che allora o costui se la porterebbe via o, regnando con lei, i figli non sarebbero più considerati del-lo stesso sangue, e che quindi, non essendovi ora altri principi del suo nome, i popoli vicini potrebbe-ro suscitar delle guerre da portare la rovina del regno. Il re, colpito da queste considerazioni, promise che avrebbe pensato a contentarli.

Cercò infatti, fra le principesse da marito, quella che più gli convenisse. Tutti i giorni gli si portavano bellissimi ritratti; ma non uno che avesse le grazie della defunta regina; epperò il re non si decideva. Per mala sorte, gli venne in testa che la propria figlia non soltanto era un incanto di bellez-za, ma sorpassava inoltre la mamma in quanto a spirito e modi graziosi. La giovinezza di lei, la fre-schezza della carnagione, infiammarono a tal segno il re da spingerlo a rivelare ogni cosa, a dirle schietto di aver risoluto di sposarla, potendo ella sola scioglierlo dal giuramento.

Virtuosa e pudica com'era, poco mancò che la giovane principessa non venisse meno a quella orribile proposta. Si gettò ai piedi dei padre, e con quanto calore avea nell'anima, lo scongiurò di non costringerla a commettere un tal delitto.

Il re, fittosi in capo quel progetto bisbetico, avea consultato un vecchio Druido, per rassicura-re la principessa. Il Druido, più ambizioso che pio, sacrificò all'onore di essere il confidente d'un gran re, l'interesse dell'innocenza e della virtù, e così abilmente s'insinuò nell'animo del re, tanto seppe temperare l'orrore del delitto, da persuadergli perfino che sposar la figlia era un'opera meritoria. Lusingato dai discorsi del furfante, il re lo abbracciò e tornò a palazzo più caparbio che mai. Fece dunque ordinare alla figlia di prepararsi all'obbedienza.

Straziata dal dolore, la giovane principessa non seppe altro immaginare che ricorrere alla fata dei Lilà, sua madrina. La stessa notte partì in un biroccino tirato da un grosso montone che sapeva tutte le vie. Arriva sana e salva. La fata, che le voleva bene, le disse di saper già tutto, che non si desse pena, che niente di male sarebbe successo, purchè eseguisse appuntino le sue istruzioni. "Per-chè sarebbe un gran peccato, disse, di sposar vostro padre, ma voi, cara, potete, senza contradirgli, evitare il male; ditegli che vi dia, per contentare un vostro capriccio, una veste color del tempo; mai e poi mai, con tutto il suo amore e il suo potere, riuscirà ad averla".

La principessa ringraziò la madrina, e il giorno appresso parlò al re, dichiarandogli che non avrebbe dato una risposta se prima non le si dava una veste color del tempo. Il re, animato dalla spe-ranza, chiamò i più famosi operai, e ordinò loro la veste, minacciando, se non riuscivano, di farli tutti appiccare. Non gli toccò il dispiacere di ricorrere a questo eccesso; due giorni dopo la veste era pron-ta. Il firmamento, cinto da nuvole d'oro, non è così azzurro com'era quella splendida veste. La principessa ne fu afflitta e non sapeva come cavarsela. Il re insisteva per conchiudere. Bisognò di nuovo rivolgersi alla madrina, e questa, sorpresa di veder sventato il suo stratagemma, le consigliò di chiedere un altro vestito color della luna. Il re, che nulla le sapea rifiutare, fece chiamare i più esperti operai, e ordinò loro con tanta premura un vestito color della luna che tra l'ordine e l'esecuzione nemmeno ventiquattr'ore passarono.

La principessa, assai più contenta della magnifica veste che non delle tenerezze paterne, si di-sperò quando si trovò sola con le sue donne e con la sua nudrice. La fata dei Lilà, che tutto sapeva, accorse in aiuto dell'afflitta, e le disse: "Se non m'inganno, io credo che domandando un vestito co-lor del sole, si verrà a capo di disgustare il re vostro padre, perchè non riuscirà mai ad averlo: ad ogni modo avremo guadagnato tempo".

Il vestito fu chiesto; e il re innamorato diè volentieri tutti i diamanti e i rubini della corona per agevolare il lavoro, con ordine espresso di non risparmiare niente perchè il vestito fosse come il sole. E tale fu; tanto che, appena spiegato, tutti i presenti furono costretti a chiuder gli occhi. Fu allora che s'inventarono gli occhiali verdi e neri. Figurarsi la principessa! Una cosa così bella, un lavoro così artistico nessuno aveva visto mai. Confusa, allegando di aver male agli occhi, si ritirò in camera sua, dove la fata l'aspettava, più che mai mortificata; peggio ancora, arrabbiata.

"Ah! perbacco! esclamò, vedremo ora di mettere a una dura prova l'amore di vostro padre. Lo so che è testardo; ma sarà certo sbalordito della domanda che gli farete ora: chiedetegli la pelle d'asino a lui così caro e che sopperisce a tutte le spese della corte: andate, dite che quella pelle vi è indispensabile".

La principessa, senza perder tempo, obbedì. Benchè sbalordito davanti a quel nuovo capric-cio, il re non esitò un momento. Il povero asino fu sacrificato, e la pelle fu galantemente presentata alla principessa, che si diè nel punto stesso a percuotersi le guance e a strapparsi i capelli.

"Che fate, figlia mia? le gridò la madrina accorrendo. Ecco il momento più felice della vostra vita. Avvolgetevi in questa pelle, uscite dal palazzo, correte finchè le gambe vi bastano: quando si sacrifica tutto alla virtù, non può mancare il compenso. Andate. Penserò io a farvi seguire dai vostri vestiti: dovunque vi fermiate, la vostra cassetta con gli abiti e i gioielli vi seguirà sotto terra; ed ecco pure la mia bacchetta: battendo la terra, quando ne abbiate bisogno, subito la cassetta verrà fuori. Partite subito, non perdete tempo".

Mille volte la principessa abbracciò la madrina, la pregò di non abbandonarla, s'infagottò nel-la brutta pelle, dopo essersi sporcato il viso con la fuliggine del camino, ed uscì dal ricco palazzo senza esser riconosciuta da anima viva.

La sparizione della principessa fece colpo. Il re, che aveva fatto preparare una festa magnifi-ca, era inconsolabile. Più di cento gendarmi e di cento moschettieri furono spiccati sui passi della fuggitiva; ma la fata che la proteggeva la rese invisibile ad ogni ricerca.

Così, fu forza consolarsi.

La principessa intanto camminava. Cammina, cammina, non trovava mai chi la volesse, tanto la trovavano sporca. Entrò in una bella città, e proprio sulla porta trovò una fattoria, dove la fattora avea bisogno d'una vaiassa per lavare gli strofinacci, pulire i tacchini e il trogolo dei maiali. La prin-cipessa tanto era stanca, accettò l'offerta, e fu subito cacciata in un cantuccio della cucina, dove fu fatta segno alle beffe del servidorame, tanto era ributtante nella sua pelle d'asino. A poco a poco, non si badò più a lei; anzi la fattora prese a proteggerla, tanto la vide sollecita dei suoi doveri. La principessa guidava le pecore e i tacchini, come se altro non avesse mai fatto; e checchè facesse, non sbagliava mai.

Un giorno, seduta tutta afflitta presso una fontana, pensò di mirarvisi, e uno spavento la pre-se quando si vide così infagottata in quella orrenda pelle di asino. Tutta vergognosa, si lavò il viso e le mani, e diventò più bianca dell'avorio. La gioia di vedersi così bella le fece venir la voglia di fare un bagno; ma subito dopo, ebbe di nuovo a indossar la pelle per tornare alla fattoria. Fortunatamen-te, il giorno appresso era festa; sicchè ella ebbe modo di tirar fuori la sua cassetta, di cavarne i vestiti, d'incipriarsi i capelli, d'indossare la bella veste color del tempo. La camera era così piccina che lo strascico della veste non trovava posto. La principessa si mirò e si ammirò, tanto che decise alla fine, per scacciar la noia, di indossare i suoi bei vestiti tutte le feste e le domeniche: e così fece. S'intrec-ciava nei capelli fiori e diamanti; dolevasi spesso che soli testimoni della sua bellezza fossero i mon-toni e i tacchini, che pur le volevano bene con tutta la sua orribile pelle d'asino.

Un giorno di festa che Pelle-d'Asino aveva indossato il vestito color di sole, il figlio del re, a cui la fattoria apparteneva, vi si fermò per riposarsi dalla caccia. Era giovane, bello, adorato dai geni-tori, idolatrato dal popolo. Gli fu offerta una rustica refezione; dopo della quale, ei si diè a girare di qua e di là pei cortili. Entrò così in un oscuro androne che aveva in fondo una porta chiusa. La curio-sità lo spinse a metter l'occhio al buco della serratura; ma che colpo fu il suo, quando vide la princi-pessa così bella, così sfarzosamente vestita, così nobile all'aspetto da parere una divinità? La furia del sentimento lo avrebbe spinto a sfondar la porta se non fosse stato il rispetto inspiratogli dalla magica apparizione.

Uscì a malincuore dall'oscuro androne, e subito domandò chi fosse la persona che abitava quella camera. Gli risposero che era una vaiassa, chiamata Pelle-d'Asino, perchè d'una pelle d'asino era vestita, che tanto era sudicia ed unta, che nessuno la guardava o le parlava; e che la si era presa per guardiana dei montoni e dei tacchini.

Poco soddisfatto di questi chiarimenti, il principe capì essere inutile chieder notizie a quella gente grossolana. Tornò alla reggia, più che mai innamorato, avendo sempre davanti agli occhi la di-vina visione balenatagli attraverso la serratura. Si pentì di non aver picchiato, e decise di farlo un'al-tra volta. Ma la furia del sangue, effetto dell'amore, gli diè la stessa notte una febbre così forte che in brevissimo tempo lo ridusse agli estremi. La regina madre, avendo in lui l'unico suo figlio, si di-sperava. Prometteva ai medici i più straordinari compensi; ma i medici, con tutta la loro scienza, a niente riuscivano.

Indovinarono finalmente che la causa del male era un dolore profondo; e ne avvertirono la regina, la quale corse subito al capezzale del figlio per interrogarlo e supplicarlo: "Parlasse franco: quand'anche si trattasse di ceder la corona, il re suo padre scenderebbe volentieri dal trono perchè il figlio vi montasse; se desiderava una principessa, dato pure che si fosse in guerra col padre di lei, tutto si porrebbe in opera per contentarlo; ma ad ogni modo, non si abbandonasse così, non morisse, poichè dalla vita di lui dipendeva la loro."

Così parlando, un fiume di lagrime le sgorgava dagli occhi.

"Signora, rispose il principe con un fil di voce, io non sono così snaturato da ambire la corona di mio padre; faccia il cielo che egli viva a lungo e che mi abbia come il più fedele e devoto dei sud-diti! In quanto a principesse, non ho ancora pensato ad ammogliarmi; e voi sapete che, obbediente come sono, farò sempre ed a qualunque costo il vostro volere. — Ah, figlio mio! proruppe la regina, nulla ci costerà per salvarti la vita; ma tu salva la mia e quella di tuo padre, confessandomi quel che desideri, e sta pur certo che ti sarà accordato. — Ebbene, signora! disse il principe, vi obbedirò: non voglio affrontare il delitto di mettere in pericolo due esseri che mi son cari. Sì, madre mia, io deside-ro che Pelle-d'Asino mi faccia una torta, e che questa subito dopo mi sia portata."

La regina domandò sbalordita chi mai fosse Pelle-d'Asino. "È la più brutta bestiaccia che si possa immaginare, rispose un ufficiale che per caso avea visto la ragazza; una sudiciona, guardiana di tacchini, alloggiata nella vostra fattoria. — Non importa, disse la regina; mio figlio, tornando dalla caccia, avrà forse mangiato qualche cosa cotta da lei; è un capriccio d'ammalato; in somma, io voglio che Pelle-d'Asino gli faccia subito una torta.

Si corse alla fattoria, si chiamò Pelle-d'Asino, le si ordinò di fare una torta pel principe.

Vogliono alcuni che Pelle-d'Asino si fosse accorta del principe, quando questi spiava dalla serratura; e che poi, messasi alla finestra, l'aveva visto allontanarsi ed era rimasta colpita dalla bellez-za del giovane. Comunque sia, o che l'avesse visto, o che ne avesse inteso a parlare, tutta lieta di aver un mezzo per farsi conoscere, Pelle-d'Asino si chiuse in camera, gettò via la pelle, si lavò il viso e le mani, si pettinò i biondi capelli, indossò un bel busto di argento, una gonna simile, e si diè a manipo-lare la torta con farina purissima, uova e burro. Mentre lavorava, sia per caso, sia a posta, un anello che aveva al dito cadde e si mescolò nella pasta. Fatta la torta, rimise la pelle, e consegnò quella all'ufficiale, a cui domandò notizie del principe; ma l'ufficiale le voltò le spalle senza degnarsi di ri-sponderle.

Il principe prese la torta e con tanta furia la divorò, che i medici dichiararono esser quello un brutto segno. Poco mancò infatti che il principe non s'affogasse con l'anello; ma destramente se lo cavò di bocca, e mangiò più a rilento, mentre esaminava il fine smeraldo, incastonato in un così stret-to cerchietto d'oro, che non poteva adattarsi che al più bel ditino del mondo.

Mille volte baciò quell'anello, se lo mise sotto il guanciale, e ad ogni poco lo tirava fuori, quando credeva non esser visto. Ma come fare per trovare colei cui quell'anello si adattasse? come ottenere che gli si facesse vedere la manipolatrice della torta? come confessare quel che avea visto pel buco della serratura, senza far ridere del fatto suo ed esser trattato da visionario? Tutti questi dubbi lo tormentarono a segno, che la febbre lo riprese; e i medici, non sapendo più che farsi dichia-rarono alla regina che il principe era ammalato d'amore.

La regina e il re accorsero insieme dal figliuolo. "Figlio, figlio mio! esclamò disperato il so-vrano, parla, nomina colei che tu vuoi, noi giuriamo di dartela, fosse anche la più brutta delle schia-ve." La regina, abbraciandolo, confermò il giuramento del re. "Babbo, mamma, rispose il principe commosso da quelle lagrime, io non penso mica a fare un matrimonio che vi dispiaccia; e, in prova di ciò, io vi dichiaro che sposerò solo colei, a cui andrà bene questo anello; (e così dicendo, tirava lo smeraldo di sotto al guanciale); non è credibile che una persona con un così bel dito sia una zoticona o una contadina."

Il re e la regina presero l'anello, l'osservarono, e conchiusero che esso non poteva appartenere che ad una nobile damigella. Abbracciato il figlio e pregatolo di guarire, il re uscì, fece dar nei tam-buri, fece sonar pifferi e trombe, non che gridare dagli araldi per tutta la città che si venisse a palazzo per provare un anello, e che colei cui l'anello si adattasse sposerebbe il principe ereditario.

Arrivarono prima le principesse, poi le duchesse, le marchese e le baronesse; ma checchè si sforzassero ad assottigliarsi il dito, a nessuna riuscì d'infilar l'anello. Si dovette scendere alle crestaie, le quali, per belline che fossero, avean sempre troppo grosse le dita. Il principe che stava meglio, facea da sè la prova. Finalmente si arrivò alle cameriere: peggio di peggio. Non c'era più alcuna che non si fosse provata a infilar l'anello, quando il principe domandò le cuoche, le guattere, le pecoraie. Vennero anche queste, ma le dita rosse e corte non entrarono nemmeno più in giù dell'unghia.

"Si è fatta venire quella tale Pelle-d'Asino, che mi ha fatto in questi giorni una torta?... do-mandò il principe. Tutti si misero a ridere, rispondendo di no, tanto quella era sudicia e unta. "Si va-da a cercarla all'istante, disse il re; non sarà mai detto ch'io abbia eccettuato qualcuno."

Si corse, ridendo a più non posso, a cercare la guardiana di tacchini.

La principessa, che aveva inteso i tamburi e le grida degli araldi, avea ben sospettato che l'a-nello suo fosse il motivo di tanto fracasso. Amava il principe; e poichè il vero amore è timido e senza vanità, trepidava sempre che qualche signorina non avesser il dito sottile come il suo. Fu dunque lie-tissima di sentir picchiare alla sua porta e di esser chiamata a corte. Da che avea saputo che si cerca-va un dito adatto all'anello, non so che speranza l'avea spinta a pettinarsi con più cura, a mettersi il busto d'argento con la gonna ricca di balze, di pizzi d'argento cosparsi di smeraldi. Alla prima bussa-ta, si nascose subito nella pelle d'asino, ed aprì la porta. I messi, burlandosi di lei, le dissero che il re la voleva per farle sposare il principe; poi, sempre ridendo, la condussero dal principe, il quale, sba-lordito a vederla così vestita, non osò credere che fosse la stessa da lui vista così bella e fastosa. Tri-ste e mortificato esclamò: "Siete proprio voi che alloggiate in fondo all'androne nel terzo cortile della fattoria? — Sì, o signore, rispose ella. — Mostratemi la mano, disse il principe, tremando e sospiran-do.

Perbacco! chi mai se l'aspettava? Il re, la regina, i ciambellani, i signori di corte, tutti restaro-no a bocca aperta, quando videro uscire di sotto a quella pelle nera ed unta una manina delicata, bianca e color di rosa, con un ditino incantevole cui l'anello si adattò senza fatica... Poi, ad un leggie-ro movimento della principessa, la pelle cadde a terra, ed ella apparve così fulgida di bellezza che il principe, con tutta la sua debolezza, si mise alle ginocchia di lei e le abbracciò con un ardore che la fece arrossire; ma nessuno se ne accorse, perchè il re e la regina vennero ad abbracciarla, domandan-dole se voleva essere la sposa del loro figliuolo. La principessa, confusa da tante carezze non che dall'amore del principe, stava per ringraziare, quando il soffitto si aprì e la fata dei Lilà, discendendo sopra un carro fatto di rami e fiori del suo nome, narrò con grazia squisita la storia della principessa. Il re e la regina, contentissimi di scoprire una grande principessa in Pelle-d'Asino, raddoppia-rono le loro carezze; ma il principe fu ancor più commosso e più innamorato alla virtù di lei.

L'impazienza fu tale in lui per affrettare il giorno delle nozze, che appena s'ebbe il tempo di fare i preparativi. Il re e la regina non facevano che abbracciare la futura nuora. Questa aveva intanto dichiarato di non poter sposare, senza il consenso del padre; epperò lo s'invitò subito, senza dirgli chi fosse la sposa, come appunto aveva consigliato la fata dei Lilà, che a tutto presiedeva. Arrivarono sovrani da tutti i paesi, chi in portantina, chi in baroccio; i più lontani, montati su tigri, aquile, elefan-ti; ma il più magnifico e il più potente fu il padre della principessa, il quale s'era fortunatamente scordato della sua folle passione e avea sposato una regina vedova e bella, da cui non aveva avuto figli. La principessa gli corse incontro; ei la riconobbe, l'abbracciò teneramente, non permise che s'inginocchiasse. Il re e la regina gli presentarono il figlio, che da lui fu accolto con affetto. Le nozze si fecero con tutta la pompa immaginabile. Ma i giovani sposi, poco curanti di tante magnificenze, non guardavano che a sè.

Il re, padre del principe, fece il giorno stesso coronare il figlio, e checchè questi si opponesse, lo mise in trono. Durarono le feste circa tre mesi; ma l'amore dei due sposi durerebbe tutt'ora, tanto si volean bene, se essi non fossero morti cento anni dopo.

Morale

La storia di Pelle-d'Asino non è facilmente credibile; ma finchè vi saranno al mondo mamme, nonne e bambini, se ne conserverà la memoria.

Altra morale

Meglio esporsi alla più dura fatica che venir meno al dovere. La virtù può essere sfortunata, ma ha sempre il suo premio. Poco vale la ragione contro un amore forsennato, nè c'è ricchezza che un innamorato non sia pronto a spendere. Acqua pura e pan bigio bastano a qualunque fanciulla, purchè abbia di bei vestiti. Non c'è donna al mondo che non si creda bella e non si figuri che, se avesse preso parte alla famosa tenzone delle tre Beltà, sarebbe a lei toccato il pomo così detto della discordia.

POLLICINO

C'era una volta uno spaccalegna e una spaccalegna, che avevano sette bimbi, tutti maschietti. Il maggiore avea solo dieci anni e il più piccolo sette. Come mai, direte, tanti figli in così poco tem-po? Gli è che la moglie andava di buon passo e non ne faceva meno di due alla volta.

Era poverissima, e i sette bimbi gl'incomodavano assai, visto che nessuno di essi era in grado di buscarsi da vivere. Per giunta di cordoglio, il più piccino era molto delicato e non apriva mai boc-ca, sicchè si scambiava per grulleria quello che era un segno di bontà di cuore. Era piccolissimo, e quando venne al mondo non era mica più grosso del pollice, ed è però che lo chiamarono Pollicino.

Questo povero bimbo era il bersaglio della casa, e sempre a lui si dava il torto. Era però il più sennato e fine di tutti i fratelli, e se poco parlava, ascoltava molto.

Venne una gran brutta annata, e tanta fu la carestia, che quella povera gente decise di sbaraz-zarsi dei piccini. Una sera che questi erano a letto, lo spaccalegna disse tutto afflitto alla moglie, se-duta con lui davanti al fuoco: "Tu vedi che non possiamo più dar da mangiare ai piccini; vedermeli morir di fame sotto gli occhi non mi dà l'animo, e ho deciso di menarli domani al bosco perchè vi si sperdano. La cosa sarà facile; quando li vedremo occupati a far fascinotti, tu ed io ce la svigneremo. — Ah! esclamò la moglie, e avrai proprio cuore di far smarrir i figli tuoi?" Aveva un bel parlare di miseria il marito, la poveretta non si faceva capace; era povera sì, ma era la loro mamma.

Se non che, considerando quanto avrebbe sofferto a vederli morir di fame, finì per acconsen-tire e se ne andò a letto, piangendo.

Pollicino aveva intanto udito ogni cosa, perchè essendosi accorto che discorrevano di affari, era sgusciato fuori dal suo letticciuolo e s'era insinuato sotto lo sgabello del padre. Andò subito a ri-coricarsi, nè chiuse più occhio, pensando a quel che avesse da fare. Si alzò di buon mattino e se n'andò sulle rive d'un ruscello, dove s'empì le tasche di pietruzze bianche, e poi se ne tornò a casa. Si misero in cammino, e Pollicino non disse niente ai fratelli di quanto sapeva.

Entrarono in un bosco foltissimo, dove a dieci passi di distanza non si vedevano l'un l'altro. Il padre si mise a spaccar legna, e i piccini a raccoglier frasche per farne fascinotti. Vedendoli così oc-cupati, il babbo e la mamma si allontanarono a poco a poco e poi, per una straducola di traverso, via di corsa. Quando si videro soli, i bambini si dettero a gridare e a piangere il più che potevano. Pollici-no li lasciava gridare, ben sapendo per che via ritornare a casa; poichè cammin facendo, avea lasciato cader per terra le pietruzze portate in saccoccia. "Non abbiate paura, disse, fratelli miei; il babbo e la mamma ci han lasciati qui, ma io vi ricondurrò fino a casa: seguitemi."

Lo seguirono, e per lo stesso cammino, guidati da lui, traversarono il bosco e tornarono a ca-sa. A bella prima, non osarono entrare, ma si fermarono davanti alla porta, per sentire quel che la mamma e il babbo dicevano.

Arrivati a casa dal bosco, lo spaccalegna e la moglie ricevettero dieci scudi, che da un pezzo doveano riscuotere dal signore del villaggio e sui quali non contavano più. Si sentirono rinascere, tanta era la fame che li tormentava. Il marito mandò subito la moglie dal beccaio. E poichè da molto tempo si stava digiuni, la donna comprò tanta carne che poteva bastar per sei persone non che per due. Saziati che furono, disse la poveretta: "Ahimè, dove saranno ora quei poveri piccini! Che festa farebbero di questi avanzi. Colpa tua, Guglielmo, che volesti perderli; io te lo dissi che ci saremmo pentiti. Che faranno ora nel bosco? O Dio! chi sa che i lupi non gli abbiano mangiati! Sei proprio cat-tivo tu di aver così perduto i figli tuoi!" Lo spaccalegna, dalli e dalli, gli scappò la pazienza, e minac-ciò di batterla, se non si stava zitta. Non già che non fosse più addolorato di lei; ma la moglie ciarlie-ra gli rompeva la testa ripetendogli che l'avea detto, ed egli era come tanti altri, cui piacciono le don-ne che dicono bene, ma che non possono soffrire quelle che hanno sempre ben detto.

La moglie si struggeva sempre in lagrime e badava a ripetere: "Ahimè! dove saranno i miei fi-gli, i miei poveri figli!" E così forte disse queste parole, che i piccini gridarono di fuori: "Siamo qui! siamo qui!" Subito corse ad aprir la porta ed esclamò abbracciandoli: "Come son contenta di riveder-vi, anime mie! Dovete essere stanchi ed affamati; e tu, Pietruccio, come sei inzaccherato! Vien qui, che ti lavi".

Pietruccio era il maggiore dei figli, il beniamino suo, perchè era rosso di capelli come lei!

Si misero a tavola, e mangiarono con una fame che facea piacere al babbo e alla mamma, ai quali raccontarono la paura che aveano avuto nel bosco, parlando quasi sempre a coro. La contentez-za dei genitori fu grande, ma durò solo fino a che durarono i dieci scudi; finiti questi, ricaddero i poveretti nella disperazione di prima, e da capo decisero di perdere i figli, portandoli, per non man-care il colpo, molto più lontano della prima volta.

Per segreto che fosse il complotto, Pollicino ne afferrò qualche parola, e subito contò di ca-varsi d'impaccio come la prima volta; ma, benchè si alzasse di buon mattino per raccoglier pietruzze, non riuscì nell'intento, perchè trovò chiusa a doppia mandata la porta di casa. Non sapea che fare, quando, avendo la mamma dato a ciascuno un pezzo di pane per la colazione, ei pensò di servirsi del pane invece che delle pietruzze, sbricciolandone la mollica lungo la strada che avrebbero fatto; eppe-rò se la cacciò bene in saccoccia.

Il babbo e la mamma li menarono nel punto più fitto e scuro del bosco, e poi, infilata una scorciatoia, li piantarono soli. Pollicino non se n'afflisse gran che, credendo di poter ritrovare la via di casa per mezzo del pane sbricciolato cammin facendo; ma fu molto sorpreso, quando non riuscì a trovarne nemmeno una briciola: gli uccelli erano venuti e aveano mangiato ogni cosa.

Figurarsi la loro afflizione! Più camminavano, più si sperdevano e si sprofondavano nel bo-sco. Venne la notte, e un gran vento si levò, che faceva loro una paura terribile. Da tutte le parti pa-rea loro di sentire gli urli dei lupi che venivano per mangiarli. Non osavano quasi parlare nè voltar la testa. Sopravvenne un acquazzone, che li bagnò fino all'osso; sdrucciolavano ad ogni passo, ruzzola-vano nella mota e si rialzavano tutti inzaccherati, non sapendo che fare delle loro mani.

Pollicino si arrampicò in cima ad un albero, per vedere se gli riuscisse di scoprir qualche cosa; voltò la testa di qua e di là, e scorse alla fine un piccolo chiarore come d'una candela, ma lontano as-sai, di là dal bosco. Discese dall'albero, e quando fu a terra non vide più niente, purtroppo. Nondi-meno, dopo aver camminato ancora, un po' coi fratelli verso la parte del chiarore, lo rivide uscendo dal bosco.

Arrivarono finalmente alla casa dov'era la candela, non senza molta paura; perchè spesso la perdevano di vista, quando scendevano in qualche sentiero più basso. Bussarono alla porta. Una buona donna venne ad aprire, e domandò che cosa volessero. Rispose Pollicino che erano dei poveri bambini sperdutisi nel bosco, e che domandavano per carità un posticino per dormire. La donna, ve-dendoli tutti così bellini, si mise a piangere. "Ahimè! disse, poveri piccini, dove siete capitati! Sapete voi che questa è la casa d'un Orco, che si mangia i bimbi? — Ahimè! signora, rispose Pollicino, che tremava tutto come i fratelli, e che faremo noi? Se non ci date ricovero, non può mancare che stanot-te stessa non ci mangino vivi i lupi del bosco. Se così dev'essere, meglio è che ci mangi il signor Or-co; può anche darsi che abbia pietà di noi, se voi vi compiacerete di pregarlo".

La moglie dell'Orco, credendo di poterli nascondere al marito fino alla mattina, li lasciò en-trare e li fece scaldare davanti a un bel fuoco; perchè c'era un montone intiero allo spiedo per la cena dell'Orco. Cominciarono a scaldarsi, quando udirono tre o quattro colpi bussati forte alla porta: era l'Or-co che tornava. Subito la donna li fece nascondere sotto il letto, e corse ad aprire. L'Orco domandò prima se la cena era pronta e se il vino era spillato, e senz'altro si mise a tavola. Il montone era ancora sanguinolento, ma egli lo trovò squisito. Fiutava intanto a dritta e a sinistra, dicendo che sentiva odore di carne fresca. "Dev'essere, disse la moglie, quel vitello, che or ora ho apparecchiato per cuci-narlo domani. — Io sento la carne fresca, ti ripeto, riprese l'Orco guardando di sbieco alla moglie. Gatta ci cova! E così dicendo, si alzò dalla tavola e andò diritto al letto.

"Ah! esclamò, ecco come mi vuoi infinocchiare, strega maledetta! Non so chi mi tenga dal mangiar te per la prima. Fortuna per te che sei una bestia vecchia. Ecco della caccia che mi arriva a proposito per trattare tre Orchi amici miei, che verranno fra giorni a farmi visita".

Li tirò uno dopo l'altro di sotto al letto. I poveri piccini si gettarono in ginocchio, domandan-do pietà: ma pur troppo avean da fare col più feroce di tutti gli Orchi, il quale, non che impietosirsi, li divorava già con gli occhi, e diceva alla moglie che sarebbero stati con una buona salsa manipolata da lei altrettanti bocconi appetitosi.

Andò a prendere un coltellaccio, e avvicinandosi ai bimbi, lo andava affilando sopra una lun-ga pietra che teneva nella mano sinistra. Ne avea già aguantato uno, quando la moglie gli disse: "Che volete fare a quest'ora? Non avrete forse tempo domani? — Zitto là! le gridò l'Orco, saranno così più teneri. — Ma ne avete tanta della carne, ribattè la moglie: ecco qua un vitello, due montoni e mezzo maiale! — Hai ragione, disse l'Orco; dà loro una buona cena, perchè non dimagrino, e mettili a letto".

La buona donna, tutta contenta, portò loro da cena; ma nessuno di loro potè mangiare tanta era la paura. L'Orco intanto si rimise a bere, felice di aver sotto mano un bel pasto pei suoi amici. Tracannò una dozzina di bicchieri più del solito, il che gli diè un poco alla testa e lo costrinse a met-tersi a letto.

L'Orco avea sette figlie, tutte piccine. Queste piccole orche aveano tutte una bella carnagio-ne, perchè mangiavano carne fresca come il padre; ma aveano degli occhietti grigi e tondi, il naso ad uncino e una boccaccia fornita di denti lunghi, puntuti e slargati. Molto cattive non erano ancora; ma davano di sè belle speranze, perché già mordevano i bimbi per succhiarne il sangue.

Di buon'ora le avean mandate a dormire e tutte e sette erano distese in un gran letto, ciascuna con in capo una corona d'oro. Nella stessa camera c'era un altro letto, egualmente grande; e fu in questo che la moglie dell'Orco fece coricare i sette bambini; dopo di che, se n'andò a pigliar posto nel letto del marito.

Pollicino aveva intanto notato che le figlie dell'Orco aveano in capo delle corone d'oro; e poi-chè temeva che l'Orco s'avesse a pentire di non averli scannati la sera stessa, si alzò verso la mezza-notte, prese il berretto proprio e quelli dei fratellini, e piano piano li andò a mettere in capo alle figlie dell'Orco, dopo aver loro tolto le corone d'oro. Queste qui poi se le misero lui e i fratelli, affinchè l'Orco scambiasse loro per le figlie, e le figlie pei ragazzi che volea scannare. La cosa andò per l'ap-punto come l'avea pensata; perchè l'Orco, svegliatosi sulla mezzanotte, si rammaricò di aver rimanda-to al domani quel che potea fare il giorno prima. Saltò dunque dal letto e, afferrato il coltellaccio: "Orsù, disse, andiamo a vedere come stanno quei biricchini: non ci pensiamo su due volte".

Salì a tentoni nella camera delle figlie, e si accostò al letto dov'erano i ragazzi, i quali tutti dormivano, meno Pollicino che ebbe una paura terribile quando si sentì toccare la testa dalla mano dell'Orco, che già avea toccato la testa dei fratelli. L'Orco che sentì le corone d'oro: "Stavo per farla grossa, brontolò; si vede che ho bevuto troppo iersera. Si accostò poi al letto delle figlie, e quando ebbe palpato i berretti: "Ah! eccoli, disse, i bricconcelli! Lavoriamo da bravi!" Così dicendo, e senza esitare un momento, tagliò la gola alle sue sette figlie, e tutto contento della bravura, se ne tornò da basso accanto alla moglie.

Non appena udì russare l'Orco, Pollicino destò i fratelli e disse loro che si vestissero presto e lo seguissero. Discesero in punta di piedi in giardino e saltarono di sopra al muro. Corsero quasi tutta la notte, tremando sempre e senza sapere dove andassero.

Svegliatosi l'Orco, disse alla moglie: "Va di sopra e apparecchiami quei furfantelli di iersera." L'Orca si maravigliò di tanta bontà nel marito, e subito montò di sopra, dove ebbe un colpo quando vide le sette figlie scannate che nuotavano in un mare di sangue.

Cominciò per venir meno, perchè questo è il primo espediente che le donne trovano in casi simili. L'Orco, vedendola tardare, andò anche lui di sopra ed ebbe a trasecolare davanti all'orribile spettacolo. "Che ho fatto! esclamò. Me la pagheranno quegli sforcati, e subito!"

Gettò una pentola d'acqua nel naso della moglie, e quando la vide tornare in sè: "Dammi pre-sto, disse, i miei stivaloni dl trenta miglia, affinchè li raggiunga". Detto fatto, si mise in cammino, e dopo aver corso lontano di qua e di là, entrò finalmente nel sentiero dove camminavano i poveri ra-gazzi, che erano solo a cento passi dalla casa del babbo. Videro l'Orco che andava di montagna in montagna e traversava i fiumi come se fossero ruscelletti. Pollicino, visto non lontano una roccia scavata, vi si nascose coi fratelli, guardando sempre a quel che l'Orco faceva. L'Orco, che si sentiva spossato dal lungo cammino, perchè gli stivaloni di trenta miglia stancano maledettamente chi li por-ta, volle riposarsi e andò a sedere, per caso, proprio sulla roccia dove i piccini stavano nascosti.

Siccome non ne poteva più, pigliò sonno dopo un poco, e cominciò a russare con tanto fra-casso che i poveri bambini ebbero la stessa paura di quando l'avean visto col coltellaccio in mano, pronto a scannarli. Pollicino ebbe meno paura degli altri, e disse ai fratelli che subito scappassero a casa mentre l'Orco dormiva sodo, e che di lui non si dessero pensiero. Quelli seguirono il consiglio e in meno di niente furono a casa loro.

Pollicino si accostò all'Orco, gli cavò pian pianino gli stivaloni e se li mise. Gli stivaloni erano molto grandi e larghi; ma siccome erano anche fatati, aveano il dono di allargarsi o di stringersi se-condo la gamba di chi li calzava; sicchè a Pollicino andarono a pennello, come se per lui fossero stati fatti a misura.

Se n'andò difilato alla casa dell'Orco, dove trovò la moglie di lui che piangeva sempre accan-to alle figlie scannate. "Vostro marito, le disse Pollicino, è in gran pericolo; è incappato in una banda di ladri, e questi hanno giurato di ammazzarlo se egli non dà loro tutto il suo danaro. Nel punto che gli tenevano il pugnale alla gola, egli mi ha visto e mi ha pregato di correre ad avvertirvi e di dirvi che mi consegniate tutti i valori, nessuno escluso, se no lo scannano senza misericordia. Siccome la cosa è urgente, ha voluto anche che prendessi i suoi stivaloni di trenta miglia, sì per far presto sì per-chè non m'aveste a pigliare per un imbroglione".

La buona donna, più impaurita che mai, gli diè subito quanto aveva; perchè l'Orco era un ma-rito eccellente, con tutto che mangiasse i bimbi. Pollicino, carico di tutte le ricchezze dell'Orco, se ne tornò alla casa paterna, dove fu accolto a braccia aperte.

A questo particolare molti non credono. Pollicino, dicono costoro, non ha mai fatto questo furto all'Orco; e se gli prese gli stivaloni, lo fece perchè l'Orco se ne serviva per correre dietro i bam-bini: questo essi sanno di sicuro, avendo anche mangiato e bevuto in casa del taglialegna. Affermano poi che quando ebbe calzato gli stivaloni dell'Orco, Pollicino se n'andò alla corte, dove sapeva che si stava in gran pensiero per un esercito che si trovava lontano 700 miglia e che avea dato battaglia chi sa con quale esito. Si presentò, dicono, al re, e gli disse che se voleva notizie gliene avrebbe portato prima di sera. Il re gli promise, dato che riuscisse, una grossa somma. Pollicino portò la notizia la sera stessa; e così, fattosi un nome per questa prima bravura, guadagnava quel che voleva; perchè il re lo pagava profumatamente per portar gli ordini ai soldati e moltissime dame gli davano quanto più vo-lesse per aver notizie dei loro amanti, anzi fu questo il suo guadagno più grosso. C'erano anche di quelle che lo incaricavano di portar le lettere ai mariti; ma lo pagavano così male ch'ei non si degnava mettere a conto quel che guadagnava per questa mano.

Dopo aver fatto un certo tempo il corriere, ammassando una bella fortuna, Pollicino tornò dal padre, dove non si può figurarsi quanto si fu contenti di rivederlo. La famiglia nuotò nell'abbondan-za.

Pollicino comprò altrettanti impieghi pel babbo e pei fratelli, e quando gli ebbe tutti ben collocati seguitò egli stesso a vivere in corte da gran signore.

Morale

Nessuno si lamenta di aver molto figliuoli, se questi sono belli, grossi e vistosi; ma se ce n'è un solo debolino, questi è disprezzato, deriso, maltrattato; eppure qualche volta toccherà proprio al marmocchio di far la fortuna di tutta la famiglia.

CAPPUCCETTO ROSSO

C'era una volta una bambina di villaggio, la più carina che si potesse vedere; la mamma ne farneticava, e la nonna anche più. Questa buona donna le fece fare un cappuccetto rosso così aggra-ziato ed acconcio, che dapertutto la si chiamava Cappuccetto rosso.

Un giorno, dopo aver fatto e cotto certe ciambelle, la mamma le disse: "Va a vedere come sta la nonna, perchè m'han detto che è ammalata. Portale una ciambella e questo barattolino di burro." Cappuccetto rosso partì subito per andar dalla nonna, che abitava in un altro villaggio. Traversando un bosco, s'imbattè in compare Lupo, e questi fu preso da una gran voglia di mangiarsela, ma non osò, a motivo di certi taglialegna che trovavansi non lontano. Le domandò dove andasse. La povera bambina, che non sapeva esser pericoloso fermarsi per dar retta ad un Lupo, gli rispose: "Vado dalla nonna e le porto una ciambella con un barattolino di burro, mandatole dalla mamma. — Abita lonta-no? s'informò il Lupo. — Oh, sì, disse Cappuccetto rosso; di là da quel mulino, laggiù, laggiù, nella prima casa del villaggio. — Ebbene, disse il Lupo, voglio anch'io venirla a vedere; io piglio di qua, e tu di là: vediamo chi arriva prima."

Il Lupo si diè a correre alla disperata per la via più corta, e la bambina se n'andò per la via più lunga, divertendosi a coglier nocciuole, a rincorrere le farfalle, a far mazzolini di fiori.

Il Lupo non ci mise gran che ad arrivare a casa della nonna. Bussa: toc, toc. — "Chi è? — La piccina vostra, Cappuccetto rosso, dice il Lupo contraffacendo la voce, che vi porta da parte della mamma una ciambella e un barattolino di burro." La buona nonna, che era a letto, perchè un po' indi-sposta, gridò: "Tira il cavicchio, il rocchetto scorrerà." Il Lupo tirò il cavicchio, e la porta si aprì. Si scagliò sulla buona donna, e ne fece un boccone; perchè eran più di tre giorni che non mangiava. Chiuse poi la porta, e andò a coricarsi nel letto della nonna, aspettando Cappuccetto rosso. Poco do-po arrivò Cappuccetto: toc, toc. — "Chi è?" Cappuccetto rosso, che udì la voce grossa del Lupo, eb-be paura a bella prima, ma figurandosi che la nonna fosse infreddata, rispose: "La piccina vostra, Cappuccetto rosso, che vi porta da parte della mamma una ciambella e un barattolino di burro." Il Lupo le gridò, addolcendo un po' la voce — "Tira il cavicchio, il rocchetto scorrerà." Cappuccetto rosso tirò il cavicchio, e la porta s'aprì.

Vedendola entrare, il Lupo le disse nascondendosi sotto la coperta: "Posa la ciambella e il ba-rattolino di burro sulla legna e vieni a coricarti con me." Cappuccetto rosso si spoglia, ed entra nel letto, dove fu molto sorpresa di veder com'era fatta la nonna svestita. "Nonna, le disse, che lunghe braccia che avete! — Gli è per meglio abbracciarti, figliuola mia! — Nonna, che grosse gambe che avete! — Gli è per correr meglio, bambina mia! — Nonna, che orecchie lunghe che avete! — Gli è per sentir meglio, piccina mia! — Nonna, che occhioni che avete! — Gli è per meglio vederti, bam-bina mia! — Nonna, che denti lunghi che avete! — Gli è per mangiarti! — E così dicendo, il Lupo cattivo si avventò a Cappuccetto rosso e ne fece un boccone.

Morale

Si vede qui che i bambini, e soprattutto le bambine ben fatte e aggraziate, fanno male a dar retta a ogni sorta di gente, e che non è mica strano di vederne tante mangiate dal Lupo. Dico il Lu-po; perchè non tutti i Lupi son compagni; ce n'è dei furbi, tutti miele e carezze, i quali vanno dietro le ragazze fin nelle case, fino alle cortine del letto. Ma ahimè! chi non sa che questi lupi melliflui so-no i più pericolosi di tutti i lupi!

CENERENTOLA

OVVERO

La pianellina di vetro

Cera una volta un gentiluomo il quale in seconde nozze si pigliò una moglie che la più super-ba non s'era mai vista. Aveva costei due figlie che in tutto e per tutto la somigliavano. Dal canto suo, il marito aveva una ragazza, ma così dolce e buona che non si può dire: doveva queste qualità alla mamma, che era stata la più brava donna di questo mondo.

Subito dopo fatte le nozze, la madrigna diè sfogo al suo malanimo. Non potea soffrire le doti della giovanetta, che rendevano ancor più odiose le figlie sue. La incaricò dei più bassi servizi della casa: toccava a lei lavare i piatti e spazzar le scale, stropicciare l'impiantito in camera della signora e delle signorine figlie; dormiva in cima alla casa, in un granaio, sopra un misero pagliericcio, mentre alle sorelle erano assegnate camere con pavimenti intarsiati, letti di ultima moda, e specchi in cui si miravano da capo a piedi. La povera ragazza soffriva tutto con pazienza, nè osava lamentarsi col pa-dre, perchè questi l'avrebbe sgridata, visto che dalla moglie si facea comandare a bacchetta.

Finito il suo lavoro, mettevasi accanto al camino e si sedeva nella cenere, epperò in casa la si chiamava comunemente Cucciolona; la minore delle due sorelle, non tanto sgarbata quanto l'altra, la chiamava Cenerentola. Eppure Cenerentola, infagottata com'era nei suoi cenci, era cento volte più bella delle sorelle sfarzosamente vestite.

Accadde che il figlio del Re diede un ballo, invitandovi tutte le persone di conto. Anche le nostre due signorine ebbero l'invito, perchè faceano gran figura nel paese. Eccole tutte contente e af-faccendate per scegliere gli abiti e le acconciature che stessero lor meglio: novella fatica per Ceneren-tola, perchè doveva lei stirar la biancheria delle sorelle e pieghettarne i manichini. Non si parlava che dei vestiti da mettersi. "Io, disse la maggiore mi metterò l'abito di velluto rosso e i pizzi d'Inghilterra. — Per me, disse l'altra, non avrò che la veste solita; ma in compenso mi metterò il mantello fiorato d'oro e la collana di diamanti, che non è mica una cosa da niente". Si mandò a chiamare la crestaia perchè aggiustasse le cuffiette a doppia gala e si comprarono dei nei dalla profumiera. A Cenerentola anche domandarono un parere, perchè la sapevano di buongusto. Cenerentola le consigliò che meglio non si poteva e si offrì perfino di pettinarle, al che le due sorelle si degnarono di accettare.

Mentre si facevano pettinare, le dicevano: "Ti piacerebbe di andare al ballo, Cenerentola? — Ahimè! signorine, voi vi burlate di me; non è cosa per me. — Hai ragione; sarebbe un gran ridere, se si vedesse al ballo una Cucciolona."

Un'altra le avrebbe pettinate alla diavola; ma Cenerentola era buona e le pettinò a perfezione. Stettero quasi due giorni senza mangiare, tanto erano fuor di sè dalla gioia; più di dodici laccetti si spezzarono, a furia di stringere i busti per far loro la vita sottile; e tutti i momenti si miravano allo specchio.

Spuntò finalmente il giorno felice. Le due sorelle andarono, e Cenerentola le seguì con gli occhi finchè potette. Quando non le vide più, si mise a piangere. La comare che la vide tutta in la-grime, le domandò che avesse. "Vorrei... vorrei tanto..." Piangeva così forte che non potette finire. La comare, che era Fata, le disse: "Vorresti andare al ballo, non è così? — Oh, sì! sospirò Cenerento-la, — Ebbene, dice l'altra, se sarai buona, ti faccio andare". Se la menò in camera e le disse: "Va in giardino e portami una zucca." Cenerentola subito andò a cogliere la più bella che le riuscì di trovare, e la portò alla comare, senza capire come mai quella zucca l'avrebbe fatta andare al ballo. La comare la vuotò, e quando non fu rimasta che la sola scorza, la percosse con la sua bacchetta, e la zucca fu subito mutata in una bella carrozza tutta dorata.

Andò poi a guardar nella trappola, e trovativi sei topolini ancora vivi, disse a Cenerentola di alzare un tantino il caditoio. I topolini ne uscirono ad uno ad uno; ed ella subito un colpo di bacchet-ta, e il topolino mutavasi di botto in un bel cavallo; in meno di niente si ebbe così un magnifico at-tacco di sei cavalli d'un bel grigio sorcio pomellato.

Vistala poi in pena da che cosa dovesse fare un cocchiere, disse Cenerentola: "Vado a vedere chi sa mai ci fosse qualche sorcione nella trappola grande; ne faremo un cocchiere. — Hai ragione, approvò la comare, va a vedere". Cenerentola le portò la trappola, e c'erano infatti tre sorcioni: la Fa-ta ne prese uno, che avea tanto di barbigi, e toccatolo appena, lo trasformò in un grosso cocchiere, che aveva un par di baffi i più belli che si sian mai visti.

Poi le disse: "Va in giardino, troverai dietro l'innaffiatoio sei lucertole, portale qui." Avutele appena, le mutò in sei lacchè, che montarono subito dietro la carrozza coi loro abiti gallonati, e vi si tennero attaccati come se non avessero fatto altro per tutta la vita.

La Fata disse allora a Cenerentola: "Ecco fatto, adesso puoi andare al ballo: sei contenta? — Sì, ma come fo ad andarci, con questi miei cenci indosso?" La comare non fece che toccarla con la bacchetta, e nel punto stesso gli abiti cenciosi diventarono d'oro e d'argento, tempestati di pietre preziose. Le diè poi un par di pantofole di vetro, le più belle del mondo. Così adornata, Cenerentola montò in carrozza; ma la comare le raccomandò, sopra ogni cosa, di non passar mezzanotte; un mo-mento di più che rimanesse al ballo, la carrozza sarebbe ridiventata zucca, i cavalli sarebbero tornati topolini, i lacchè lucertole e gli abiti sfoggiati più cenciosi che mai.

Promise Cenerentola alla comare di lasciare il ballo prima di mezzanotte, e partì, fuor di sè dalla contentezza. Il figlio del re, avvertito dell'arrivo d'una grande principessa, che nessuno cono-sceva, le corse incontro. Le porse la mano per farla smontar di carrozza, e la menò nella sala dove gl'invitati erano raccolti. Un gran silenzio si fece; cessò il ballo, tacquero i violini, tanto si era intenti a contemplare le grandi bellezze dell'incognita. Udivasi solo un confuso vocio: "Ah! com'è bella!" Anche il re, tuttochè vecchio, non si stancava di guardarla, ripetendo sommesso alla regina che da un gran pezzo non gli capitava di vedere una persona così bella ed amabile. Tutte le dame osservavano con grande attenzione l'acconciatura e gli abiti di lei, per averne il giorno appresso dei simili, dato che si trovassero così belle stoffe ed operai abbastanza bravi.

Il figlio del re la fece sedere al posto d'onore, e poi la prese per mano, invitandola a ballare; e Cenerentola ballò con tanta grazia da suscitare una sempre più viva ammirazione. Si portò poi una bellissima refezione, che il giovane principe non toccò nemmeno, tanto era occupato a contemplar la fanciulla. Questa andò a sedere accanto alle sorelle e le colmò di gentilezze, offrendo loro perfino delle arance e dei limoni datile dal principe: il che le maravigliò assai, perchè non la conoscevano.

Mentre così discorrevano, Cenerentola sentì battere le undici e tre quarti; fece subito una grande riverenza alla brigata e scappò via più che di fretta. Arrivata a casa, corse dalla comare, la ringraziò, le disse che con tanto piacere sarebbe tornata al ballo la sera appresso, perchè il figlio del re ne l'aveva pregata. Prese poi a narrarle tutto ciò che era accaduto, e in quel mentre le due sorelle bussarono alla porta. Cenerentola andò ad aprire. "Come arrivate tardi!" esclamò sbadigliando, fre-gandosi gli occhi e stirando le braccia come se allora allora si fosse svegliata; eppure, da che s'erano lasciate, non l'era mai venuto voglia di dormire. "Se tu fossi venuta al ballo, disse una delle sorelle, non ti saresti annoiata: ci è venuta una bella principessa, la più bella che si possa mai vedere. Mille finezze ci ha fatto; ci ha dato delle arance e dei limoni."

Cenerentola era fuor di sè dalla gioia; domandò come si chiamasse quella principessa, ma le sorelle risposero che nessuno la conosceva, che il figlio del re non trovava più pace, e che tutto avrebbe dato per saper chi fosse. Cenerentola sorrise e disse: "Era proprio bella assai? Beate voi! Oh, se potessi anch'io vederla... Sentite, signorina Javotte, prestatemi l'abito giallo che voi indossate tutti i giorni. — Davvero! esclamò la signorina Javotte; prestare il mio bell'abito a una sudicia Cucciolona come te! Fossi matta!" Cenerentola si aspettava questo rifiuto, e ne fu contentissima, perchè si sa-rebbe trovata molto imbarazzata se la sorella avesse consentito a prestarle il vestito.

La sera appresso, le due sorelle andarono al ballo, e Cenerentola pure, ma molto più ornata dell'altra volta. Il figlio del re le stette sempre a fianco, susurrandole ogni sorta di galanterie; la fan-ciulla non s'annoiava e dimenticò quel che la comare le aveva raccomandato; sicchè sentì sonare il primo colpo di mezzanotte, quando si figurava che non fossero ancora le undici. Si alzò e scappò via leggiera come una cerva; il principe le corse dietro, ma non riuscì a raggiungerla. Nella fuga, una pan-tofola di vetro le cadde, e il principe la raccolse con gran cura. Tornò a casa Cenerentola affannando, senza carrozza, senza lacchè, e con indosso le sue vesti cenciose: di tutta la sua magnificenza non avanzava che una pantofolina, la compagna di quella cadutale dal piede. Fu domandato alle guardie di palazzo se avessero visto uscire una principessa; dissero di aver visto uscire solo una ragazza assai mal vestita, che sembrava più che altro una contadina.

Quando le sorelle tornarono dal ballo, Cenerentola domandò loro se si fossero divertite anche stavolta, e se la bella signora c'era stata; risposero di sì, ma che se n'era scappata al tocco di mezza-notte, e con tanta furia da lasciarsi cadere una delle sue pantofoline di vetro, la più bella del mondo; che il figlio del re l'avea raccolta, che per tutto il resto del ballo non avea fatto che guardarla, e che certamente era innamorato pazzo della bella creatura a cui la pantoffolina apparteneva.

Ed era proprio vero; perchè, pochi giorni dopo, il figlio del re fece bandire a suon di tromba ch'egli avrebbe sposato colei al cui piede quella pantofola fosse di misura. Si cominciò prima a pro-varla alle principesse, poi alle duchesse, poi a tutta la corte, ma inutilmente. La si portò dalle due so-relle, che fecero tutto il possibile per farvi entrare il piede, ma non vi riuscirono. Cenerentola, che le guardava e avea riconosciuto la sua pantofola, disse ridendo: "Vediamo un po' se mi va a me!" Le sorelle si misero a ridere e a motteggiarla. Il gentiluomo, incaricato di provar la pantofola, guardò fi-so a Cenerentola, e avendola trovata assai bella, disse che la cosa era giusta e ch'egli aveva ordine di provarla a tutte le ragazze. Fatta sedere Cenerentola e accostatale la pantofola al piedino, vide che la si calzava senza fatica e vi si adattava come se fosse di cera. Grande fu lo stupore delle due sorelle, ma anche maggiore, quando videro che Cenerentola cavava di tasca la pantofolina compagna e se la calzava. Arrivò a questo punto la comare, e con un colpo di bacchetta fece diventare gli abiti di Ce-nerentola ancor più sfarzosi di tutti gli altri.

Allora le due sorelle riconobbero in lei la bella principessa del ballo. Le si gettarono ai piedi, e le domandarono perdono di tutti i mali trattamenti che le avean fatto soffrire. Cenerentola le fece alzare, le abbracciò perdonò loro di tutto cuore, e le pregò di volerla sempre bene. Tutta adorna com'era, la si condusse dal giovane principe, questi la trovò più bella che mai, e pochi giorni dopo la sposò. Cenerentola che era non meno buona che bella, fece alloggiare le due sorelle a palazzo reale, e le maritò, lo stesso giorno, a due gran signori della Corte.

Morale

La bellezza è per la donna un gran tesoro, nè mai ci si stanca di ammirarla; ma assai più vale la buona grazia. Questa diè a Cenerentola la comare, educandola, istruendola fino a farne una regina. Questo dono, o belle, ha più potere di una ricca acconciatura per avvincere un cuore e farlo proprio. La buona grazia è il vero dono delle Fate; senza di essa, nulla si può; con essa, tutto.

Altra morale

Gran che certo, avere ingegno, coraggio, nobiltà, buon senso, e simili pregi che vi vengono dal cielo; ma a nulla vi serviranno per avanzar nella vita, se non avete o dei compari o delle comari che li facciano valere.

L'ACCORTA PRINCIPESSA

A tempo delle prime crociate, un re di non so che regno di Europa deliberò di andarsene in Palestina per far la guerra agli infedeli. Prima di avventurarsi al lungo viaggio, aggiustò così bene le cose del regno e ne affidò la reggenza a un così bravo ministro, che da questo lato stava tranquillo. Più d'ogni cosa, la famiglia lo teneva in pensiero. Da poco tempo gli era morta la moglie, senza la-sciargli che tre giovani principesse da marito. Come si chiamassero, non so; ma secondo la semplicità dei tempi che dava dei soprannomi a tutte le persone eminenti in armonia delle virtù loro o dei difet-ti, la prima era detta la Sciattona, la seconda la Ciarliera e la terza Finetta.

Di sciattone come Sciattona non ce n'era un'altra. Tutti i giorni, al tocco, non era ancora sve-glia; la trascinavano in chiesa così come usciva dal letto, arruffata, discinta, senza cintura, e spesso con una pantofola diversa dall'altra. Si rimediava a ciò durante la giornata; ma non si riusciva mai a farle smettere le pantofole, visto che gli stivalini le parevano insopportabili. Dopo desinare, Sciattona si dava ad acconciarsi fino alla sera; poi, fino a mezzanotte, giocava e cenava; poi ancora ci voleva tanto a spogliarla quanto s'era messo a vestirla; e finalmente entrava in letto che già faceva giorno.

Altra vita menava la Ciarliera. Era una principessa vivace, che poco tempo dedicava a sè stes-sa; ma tanta e tanta voglia avea di discorrere, che da mattina a sera non chiudeva bocca. Sapeva la storia delle famiglie male organizzate, degli amoretti, delle galanterie, non solo della corte ma di ogni infimo borghese. Tenea registro di tutte le donne leste di mano pur di sfoggiare un bel vestito, ed era informata a puntino di quanto guadagnava la cameriera della contessa Tale e il maestro di ca-sa del marchese Talaltro. Per appurare tante inezie, se ne stava a sentire la nudrice o la sarta più vo-lentieri che non avrebbe ascoltato un ambasciadore; e poi intronava con le sue storielle dal re fino all'ultimo staffiere, perchè chiunque fosse l'ascoltatore, bastava a lei di ciarlare.

Il prurito della chiacchiera fu anche motivo di un altro guaio. A dispetto del grado, quel fare troppo confidenziale, troppo alla carlona in una principessa, dettero animo a più d'un bellimbusto di spifferarle delle galanterie. La principessa dava retta, tanto per avere il gusto di rispondere. Natural-mente, a simiglianza della Sciattona, la Ciarliera non si dava mai pensiero di pensare, di riflettere, di leggere, di badare alle faccende di casa, di svagarsi con l'ago o col fuso. Insomma le due sorelle, eternamente in ozio, non facevano mai agire nè il cervello nè le mani.

Ben diversa era la sorella minore. Sempre vigile e pronta di mente e di persona, mirabilmente vivace, badava a far buon uso di ogni sua dote. Ballava, cantava, suonava stupendamente; era mae-stra in tutti quei lavoretti che tanto son cari alle donne; metteva l'ordine in casa e impediva i furti della gente di servizio, ai quali fin da quei tempi i principi erano esposti.

E non basta. Avea giudizio da vendere, e tanta prontezza che subito trovava i mezzi per ca-varsi da un qualunque impaccio. Avea scoperto, con la sua scaltrezza, un pericoloso trabocchetto te-so da un ambasciadore al re suo padre in un trattato che questi stava per firmare. Per punire la perfi-dia dell'ambasciadore e di chi l'avea mandato, il re mutò l'articolo del trattato, sostituendolo con le parole suggeritegli dalla figlia, e così ingannò a sua volta l'ingannatore. Un altro giorno, la giovane principessa scoprì un certo tiro che un ministro volea giocare al re, e fece in modo, con un suo consi-glio, che la perfidia macchinata venisse a colpire lo stesso ministro. Più e più volte, la principessa diè prova di sagacia e finezza di spirito, tanto che per consenso di tutto il popolo, fu chiamata Finetta. Il re le voleva un gran bene, e tanto la stimava giudiziosa che se avesse avuto quell'unica figlia sarebbe partito senza un pensiero al mondo. Ma le altre due, pur troppo, lo tenevano sulle spine. Sicchè, per esser sicuro della propria famiglia come credeva esser sicuro dei sudditi, adottò le misure seguenti.

Se n'andò a trovare una Fata, della quale era amico intrinseco, e le espose schietto tutta la pe-na che lo tormentava.

— Non già, disse, che le due figliuole più grandi abbiano mai mancato al loro dovere; ma son così grulle, imprudenti, disoccupate, da farmi temere che, durante la mia assenza, non s'abbiano a cacciare in qualche ginepraio col pretesto di svagarsi. Quanto a Finetta, non ci penso nemmeno; ma, per non far parzialità, la tratterò come le altre. Epperò, mia buona Fata, io vi prego di farmi per que-ste ragazze tre conocchie di vetro, così congegnate che si rompano di botto non appena chi le pos-siede abbia commesso qualche cosa di men che onorevole.

La Fata che era abilissima diè al principe tre conocchie incantate e lavorate con ogni cura per il disegno da lui ideato. Ma di ciò non contento, egli menò le tre principesse in un'alta torre, fabbri-cata in un posto deserto. In quella torre doveano rimanere tutto il tempo della sua assenza, con asso-luto divieto di ricevere chiunque si fosse. Tolse loro ogni sorta di servi dell'uno e dell'altro sesso; e dopo averle fornite delle conocchie incantate di cui spiegò loro le qualità, abbracciò le figlie, chiuse le porte della torre, ne prese con sè le chiavi e partì.

Si penserà forse che le principesse corressero pericolo di morir di fame. Niente affatto. A una finestra della torre una carrucola era stata attaccata con una corda cui le prigioniere sospendevano un cestino. Nel cestino mettevasi la provvista del giorno, e dopo tiratolo su anche la corda era deposta in camera.

La Sciattona e la Ciarliera menavano nella torre una vita disperata; si annoiavano a morte; ma bisognava aver pazienza, per dato e fatto della conocchia che alla minima mancanza sarebbe andata in frantumi.

Quanto a Finetta non si annoiava: il fuso, l'ago, gli strumenti, bastavano a svagarla; senza dire che, per ordine del ministro che governava lo Stato, si metteva ogni giorno nel cestino delle princi-pesse una lettera che le informava di quanto accadeva fuori e dentro del regno. Così il re avea volu-to, e il ministro eseguiva gli ordini appuntino. Finetta leggeva con avidità tutte quelle notizie e ci trovava gusto. Non così le sorelle, tanto erano afflitte da non potersi divertire a codeste inezie; aves-sero almeno avuto delle carte per ammazzare il tempo durante l'assenza del padre!

Passavano così tristamente i giorni, mormorando contro il destino; e forse ebbero anche a dire che meglio è nascer felici che figlio di re. Spesso si mettevano alla finestra della torre, per vedere al-meno quel che accadeva in campagna. Un giorno, mentre Finetta era occupata in camera a qualche bel lavoro, le sorelle videro a piè della torre una povera donna cenciosa, che si lamentava della sua miseria e le pregava a mani giunte di lasciarla entrare. Era, diceva, una infelice forestiera che sapeva mille e mille cose e che avrebbe loro reso ogni sorta di servigio. Sulle prime, pensarono le principesse all'ordine dato dal re di non lasciare entrare anima viva nella torre; ma la Sciattona era così stanca di servirsi da sè, e la Ciarliera così annoiata di poter solo discorrere con le sorelle, che l'una per farsi pettinare, l'altra per chiacchierare, si decisero entrambe a far entrare la vecchia.

— Credi tu, disse la Ciarliera alla sorella, che il divieto del re comprenda anche una infelice come questa? Per me, mi pare che nulla ci sia di male a riceverla.

— Fa come vuoi, rispose la Sciattona.

La Ciarliera non se lo fece dir due volte, calò il cestino, fece cenno alla vecchia di entrarvi, e le due sorelle la tirarono su con la carrucola.

Quando la videro da vicino, furono disgustate dalla sudiceria dei suoi vestiti, e voleano subi-to dargliene degli altri; ma la vecchia rispose che se ne sarebbe parlato il giorno appresso, e che pel momento non volea che servirle. Mentre così parlava, apparve Finetta e molto stupì di veder quella intrusa; le sorelle le spiegarono perchè l'aveano fatta entrare; e Finetta, visto che non c'era più rime-dio, dissimulò il dispiacere che quella imprudenza le cagionava.

La nuova cameriera girava intanto e rigirava per la torre, col pretesto di voler servire le prin-cipesse, ma in realtà per osservare la disposizione delle camere; poichè la pretesa mendicante era al-trettanto pericolosa nel castello quanto il conte Ory nel convento dove s'insinuò travestito da bades-sa fuggitiva. In due parole, la vecchia cenciosa era il figlio di un gran re, vicino del padre delle prin-cipesse. Questo principe, malizioso quanto mai, governava a suo talento il re suo padre, il quale aveva un carattere così dolce ed agevole, che lo si chiamava per soprannome Molto-Benigno. Il principe invece che agiva sempre per artifizi e stratagemmi, era detto dal popolo il Furbo.

Aveva egli un fratello minore così ricco di virtù per quanto egli era ricco di vizi, eppure, a malgrado dell'indole diversa, regnava tra i due fratelli un così perfetto accordo che tutti ne stupiva-no. Oltre le doti dell'anima, il principe più giovane aveva un così bello aspetto che gli si era dato il nome di Belvedere. Era il principe Furbo che aveva inspirato all'ambasciadore del re suo padre quel tiro di malafede che poi l'accortezza di Finetta avea ritorto a loro danno. Da ciò era cresciuto l'odio che Furbo già nudriva per il padre delle principesse. Epperò, quando a lui giunse notizia delle pre-cauzioni prese a riguardo delle tre ragazze, una voglia maligna lo prese d'ingannar la prudenza d'un padre così sospettoso. Trovato un qualunque pretesto, Furbo ottenne il permesso di mettersi in viag-gio, ed escogitò i mezzi per insinuarsi nella torre.

Esaminando il castello, vide il principe che era facile alle principesse farsi udire da chi passa-va di fuori, e ne conclude che gli conveniva conservare il travestimento durante tutto il giorno, per evitare che quelle chiamassero gente e lo facessero punire per la temeraria impresa. Seguitò dunque a fingersi mendicante; ma la sera, dopo che le tre sorelle ebbero cenato, gettò via i cenci e si mostrò in tutto lo splendore degli abiti di cavaliere, ricamati d'oro e di gemme. Le povere principesse, atterrite a quella vista, scapparono più che di corsa. Finetta e la Ciarliera, più svelte, ripararono subito alle camere loro; ma la Sciattona, che a fatica metteva il passo, fu subito raggiunta dal principe.

Gettatosi ai piedi di lei, questi le dichiarò l'esser suo, dicendole che la fama di bellezza da lei goduta e i ritratti l'avevano spinto a lasciare una corte deliziosa per offrirle i suoi voti e la sua fede. Smarrita sulle prime, la Sciattona non trovò parole da rispondere al principe genuflesso: ma noi. in-calzata dalle calde proteste e dalla preghiera di divenir subito sua sposa, nè avendo la voglia o la for-za di discutere, disse senza pensarci sopra che credeva alla sincerità di quelle dichiarazioni e le accet-tava. Queste, e non altre furono le formalità da lei osservate per conchiudere le nozze; ma, in com-penso, la conocchia fu perduta e si ruppe in mille frantumi.

Finetta intanto e la Ciarliera, chiuse ciascuna in camera sua, stavano sulle spine. Le due came-re erano lontane l'una dall'altra; epperò, ignorando la sorte delle sorelle, le povere principesse passa-rono la notte senza chiuder occhio. Il giorno appresso, il maligno principe menò la Sciattona in un appartamento a terreno in fondo al giardino. La principessa non celò a Furbo di essere molto inquieta per le sorelle, benchè non osasse mostrarsi a loro per paura di esserne rimproverata. Il principe la ras-sicurò, dicendole che avrebbe ottenuto il loro consenso alle nozze; e dopo pochi altri discorsi, uscì, chiuse a chiave la Sciattona, senza ch'ella se n'avvedesse, e se n'andò alla ricerca delle altre due so-relle.

Stette un bel pezzo prima di trovar le camere dove stavano rinchiuse. Ma poichè la Ciarliera, sempre smaniosa di parlare, si lamentava da sola a sola della sorta toccatale, il principe si accostò all'uscio della camera e la vide dal buco della serratura. Come già avea fatto con la sorella, Furbo le disse attraverso la porta di essersi insinuato nella torre per offrir proprio a lei il cuore e la fede di sposo.

Esaltò la bellezza e lo spirito della Ciarliera; e costei, che era persuasissima dei propri meriti, ebbe la balordaggine di aggiustar fede alle parole del principe e rispose di dentro con un torrente di amabili parole. E dire che era abbattuta e che non avea nemmeno preso un boccone! In camera non avea provviste, tanto le pesava perfino il pensarvi; se di qualche cosa abbisognava, ricorreva a Finet-ta; e questa cara principessa, sempre laboriosa e preveggente, avea sempre in camera un'infinità di paste, marzapani, confetture secche e liquide fatte con le proprie mani. La Ciarliera dunque, stretta dalla fame e dalle tenere proteste del principe, aprì la porta al seduttore, il quale seguitò abilmente a recitar la sua parte.

Usciti insieme dalla camera, se n'andarono in cucina, dove trovarono ogni sorta di rinfreschi; perchè la cesta ne forniva sempre con anticipazione. Sulle prime, la Ciarliera era in pensiero per le so-relle; ma poi si figurò, chi sa come e perchè, che fossero tutt'e due nella camera di Finetta, dove di nulla mancavano. Furbo si sforzò, di confermarla in questa idea, assicurandola che la sera stessa sa-rebbero andati a trovarle. La Ciarliera non fu dello stesso parere, e rispose che bisognava cercarle su-bito dopo aver mangiato.

Finalmente, il principe e la principessa mangiarono insieme e d'accordo. Dopo di che, Furbo domandò di visitare il bell'appartamento del castello, e data la mano alla sua compagna, vi fu da lei condotto. Riprese qui a parlarle del suo amore e della felicità delle nozze. Le disse, come già alla Sciattona, che bisognava sposar subito, per evitare che le sorelle vi si opponessero, allegando che un così gran principe era miglior partito per la sorella maggiore. La Ciarliera, dopo molti discorsi che non avean senso, fu così stravagante come la sorella era stata: accettò il principe in isposo, e della conocchia non si ricordò che dopo averla vista rotta in cento pezzi.

Verso sera, la Ciarliera tornò in camera sua col principe, e fu allora che, per prima cosa, vide la conocchia di vetro in frantumi. Si turbò a quella vista, e il principe le domandò che cosa avesse. Incapace di tacere, smaniosa di chiacchierare, la Ciarliera svelò a Furbo il mistero delle conocchie; e il principe malvagio gongolò di gioia, pensando che il padre della principessa avrebbe avuto la prova della mala condotta delle figlie.

La Ciarliera intanto non avea più voglia di cercar le sorelle; temeva i loro rimproveri; ma il principe si offrì di andar lui invece e di persuaderle ad approvar le nozze. Dopo questa assicurazione, la principessa, che tutta notte non avea chiuso occhio, si addormentò; e Furbo profittando di quel sonno, la chiuse a chiave come aveva fatto con la Sciattona.

Chiusa che l'ebbe, andò per tutte le camere del castello, e trovandole tutte aperte, ne arguì che l'unica chiusa era quella dove Finetta erasi ritirata. Avendo preparata una arringa circolare, se n'andò a spifferare davanti alla camera di Finetta le stesse fandonie dette alle sorelle. Ma la princi-pessa, più giudiziosa delle altre due, lo ascoltò a lungo senza rispondere. Finalmente, vistasi scoper-ta, gli disse che se davvero nudriva per lei tanto calore di affetto, scendesse in giardino, e che ella gli avrebbe parlato dalla finestra.

Furbo non accettò la proposta; e poichè la principessa si ostinava a non aprire, egli, preso un tronco nocchieruto, sfondò la porta. Trovò Finetta armata d'un grosso martello che per caso era stato lasciato in una guardaroba attigua alla camera. L'emozione la facea divampare; e per furibondi che fossero gli occhi, le conferivano una straordinaria bellezza. Furbo tentò di gettarlesi ai piedi, ma ella, tirandosi indietro, gli disse altera:

— Se vi accostate, principe, vi spacco la testa con questo martello.

— Come, bella principessa! esclamò Furbo ipocritamente, l'amore che vi si porta è meritevole di tanta vendetta?

Tornò a protestarle, trascinandosi per la camera, l'amore ardente inspiratogli dalla fama di tanta bellezza e di tanto spirito. Soggiunse di essersi travestito proprio per venirle ad offrire il cuore e la mano, e domandò perdono, in grazia della passione, di averle sfondato la porta. Conchiuse che, nell'interesse di lei, bisognava sposar subito. Disse ancora di non sapere dove le sorelle eransi ritirate, non avendole nemmeno cercate, tanto di lei era infatuato. L'accorta principessa, fingendo di rabbo-nirsi, gli disse che bisognava cercar le sorelle, e che poi tutti insieme si sarebbe preso un partito; ma Furbo allegò di non poter cercare le principesse, finchè ella non avesse consentito alle nozze, poichè certo le sorelle vi si sarebbero opposte, accampando la primogenitura.

Finetta, già sospettosa delle proteste del principe, pensò tremando alla sorte delle sorelle, e ri-solvette vendicarle con lo stesso colpo che le farebbe evitare una disgrazia simile a quella che avea colpito loro. Disse dunque a Furbo che consentiva a sposarlo, ma che era persuasa esser sempre infe-lici i matrimoni fatti di sera. Rimandasse dunque la cerimonia nuziale al giorno appresso; assicurò che non avrebbe avvertito le principesse, e pregò di rimaner sola un momento per pensare al cielo; che lo menerebbe poi in una camera dove troverebbe un letto eccellente, e che poi, fino al mattino, sarebbe tornata a chiudersi in camera propria.

Furbo, che non era mica un prode e che vedeva Finetta scherzar col martello come avrebbe fatto d'una penna, consentì alla proposta e si ritirò. Vistolo partito, Finetta corse a far un letto sulla buca d'una fogna che era in una camera del castello. La camera era pulita come le altre; ma nella bu-ca si soleva gettare tutte le spazzature del castello. Due bastoni incrociati pose Finetta sulla buca, ma molto deboli, poi vi fece sopra un letto, e se ne tornò in camera.

Il principe, senza spogliarsi, si gettò sul letto. Il peso del corpo fece spezzare i bastoni, ed egli precipitò in fondo alla fogna, senza poter afferrarsi, facendosi venti bolle alla testa e fracassandosi le costole. La caduta fece un fracasso del diavolo, e poichè non era lontano dalla camera di Finetta, questa capì subito che lo stratagemma era riuscito e ne risentì una gioia che le fu di vero sollievo. Impossibile dire il piacere da lei provato a sentirlo sguazzar nella fogna. Il castigo era meritato, e la principessa aveva ragione di rallegrarsene. Ma non per questo dimenticava le sorelle. Prima sua cura fu di cercarle. Le fu agevole trovar la Ciarliera. La chiave era di fuori nella serratura. Finetta aprì, en-trò di furia, svegliò la sorella, la quale restò confusa e smarrita. Finetta le narrò il come erasi sbarazza-ta del principe Furbo, venuto per oltraggiarle. La Ciarliera sbigottì, come colpita dalla folgore. Per ciarliera che fosse, avea bonariamente creduto a tutte le fandonie spifferatele dal principe. Ce n'è sempre al mondo di queste balorde.

Soffocando il dolore, la Ciarliera se n'andò con Finetta a cercar la Sciattona. Gira di qua, gira di là, la scovarono finalmente nel quartierino a terreno. Era più morta che viva dal dispiacere e dalla fiacchezza, perchè da ventiquattr'ore non prendeva cibo. Le sorelle le apprestarono ogni soccorso; dopo di che, entrarono in certe spiegazioni che straziarono a morte la Sciattona e la Ciarliera; poi tut-te e tre se n'andarono a letto.

Furbo intanto passò assai male la notte, nè si trovò meglio a giorno chiaro. Era precipitato in certe caverne orrende, dove la luce non penetrava mai. Pure, dalli e dalli, trovò l'uscita della fogna che dava sopra un fiume assai lontano dal castello. Riuscì a farsi udire da certi pescatori, e da costo-ro fu tratto fuori in uno stato compassionevole. Si fece trasportare in corte del padre, per curarsi a comodo; e la disgrazia toccatagli gli mise addosso tant'odio contro Finetta, che pensò meno a guarire che a vendicarsi.

Finetta passava delle ore assai tristi; più della vita le stava a cuore la gloria, e la vergognosa debolezza delle sorelle la metteva in una disperazione invincibile. Pure la cattiva salute delle due so-relle, effetto dell'indegno matrimonio, mise ancora alla prova la costanza di Finetta. Furbo, dopo il guaio capitatogli, divenne più furbo che mai. La fogna e le ammaccature non gli davano tanto cruc-cio quanto l'aver trovato chi era più astuto di lui. Presentì le conseguenze dei due matrimoni; e per tentare le due principesse inferme, fece portare sotto le loro finestre certi cassoni con entro tanti al-beri carichi di frutti. La Sciattona e la Ciarliera, sempre spenzolate alle finestre, li videro; e tanta vo-glia ebbero di assaggiarli, che costrinsero Finetta a scendere nella cesta per coglierli. Finetta, sempre compiacente, si lasciò calare, portò i frutti e le sorelle se li mangiarono con avidità.

Il giorno appresso, altri frutti apparvero. Da capo la voglia, da capo la compiacenza di Finet-ta; ma gli sgherri di Furbo nascosti, cui la prima volta era fallito il colpo, si scagliarono su Finetta e la portaron via sotto gli occhi delle sorelle che si strappavano disperate i capelli.

Fu trasportata Finetta in una casa di campagna, dov'era il principe convalescente. Furibondo contro la principessa, questi la caricò d'ingiurie, cui ella rispose con una fermezza e una magnanimità da quella eroina che era. Finalmente, dopo tenutala prigione alquanti giorni, ei la fece trascinare in cima a un'alta montagna, dove egli stesso arrivò poco dopo, e le annunziò che una morte terribile l'a-spettava perchè scontasse i brutti tiri che gli avea giocato. Così dicendo, mostrò a Finetta una botte irta all'interno di temperini, rasoi, uncini, e le dichiarò che per punirla come si meritava l'avrebbero prima ficcata in quella botte e poi rotolata dall'alto al basso della montagna.

Benchè non Romana, Finetta non fu atterrita dal supplizio imminente, più che Regolo non fosse stato. Serbò tutta la sua fermezza e la presenza di spirito. Furbo, invece di ammirare l'eroismo di lei, ne fu più che mai inviperito e pensò ad affrettare il supplizio. Si chinò verso l'orifizio della botte, per assicurarsi se questa fosse ben fornita delle armi omicide. Finetta, vistolo così intento a guardare, non perdette tempo; con un urto lo spinse dentro, e fece subito rotolar la botte giù per la montagna, senza dar tempo al principe di fiatare. Fatto il colpo, fuggì; e gli ufficiali del principe, che avevan visto con gran dolore con quanta crudeltà voleva egli trattare la bella principessa, non si cura-rono di correrle dietro. D'altra parte, erano così spaventati dell'accaduto, che solo pensarono ad arre-star la botte; ma ogni sforzo fu inutile: la botte rotolò fino in fondo, e il principe ne fu tirato fuori tutto coperto di piaghe.

L'accidente di Furbo fu un colpo terribile per il re Molto-Benigno e per il principe Belvedere. In quanto al popolo, nessuno se ne curò. Furbo ne era odiato, anzi la gente stupiva che il principe più giovane, così nobile e generoso, potesse tanto amare l'indegno fratello. Ma Belvedere era di così buon indole da volere un gran bene a tutti della famiglia; e Furbo avea sempre avuto l'arte di mo-strargli tanta affezione, che il principe generoso non si sarebbe mai perdonato di non corrispondergli allo stesso modo.

Belvedere ebbe dunque gran cordoglio delle ferite del fratello, e tutto mise in opera per ve-derlo subito guarito. Ma, checchè si facesse, nulla giovava. Le piaghe di Furbo s'inasprivano sempre più e lo facevano soffrire orribilmente.

Scampato il gran pericolo della botte, Finetta era tornata alla torre. Ma non a lungo vi stette, che nuove sventure le piombarono addosso. Le due principesse dettero alla luce un bimbo ciascuna. Finetta ne fu imbarazzatissima, ma non si smarrì; il desiderio di nascondere la vergogna delle sorelle la spinse ad affrontare altri rischi. Per riuscire nel piano escogitato, prese tutte le misure che la pru-denza può suggerire; si travestì da uomo, chiuse i bimbi in due scatole, facendo a queste tanti buchi perchè quelli respirassero, prese un cavallo, vi caricò quelle ed altre scatole, e con questo bagaglio ar-rivò alla capitale del re Molto-Benigno.

Seppe di primo acchito che la larghezza del principe Belvedere nel compensare i rimedi ap-prestati al fratello, aveva attirato alla corte tutti i ciarlatani di Europa; poichè in quei tempi, c'erano molti avventurieri senza impiego, senza ingegno, che si spacciavano per portenti dotati di facoltà so-prannaturali per guarire ogni sorta di mali. Costoro, unica scienza dei quali era l'impostura più sfron-tata, trovavano sempre molti credenzoni. Un po' con l'aspetto, un po' coi nomi bizzarri che assume-vano. gettavano la polvere negli occhi. Cosiffatti medici non restano mai dove son nati; e la qualità di stranieri è per loro altrettanto merito agli occhi del volgo.

L'ingegnosa principessa, bene informata di tutto ciò, assunse un nome forestiero e si chiamò Sanatio; poi fece annunziare da ogni parte che il cavalier Sanatio era arrivato con mirabili segreti per guarire ogni sorta di ferite per gravi e maligne che fossero. Subito Belvedere mandò a chiamare il preteso dottore. Finetta arrivò, fece a perfezione il medico empirico, spifferò cinque o sei parole d'ar-te: niente ci mancava. Il bello aspetto e i modi amabili di Belvedere la colpirono; e dopo aver con lui ragionato delle ferite del principe Furbo, disse di voler portare una bottiglia di acqua miracolosa, e che intanto lasciava lì due scatole, che contenevano unguenti di prima qualità adatti al principe feri-to.

Ciò detto, il preteso dottore uscì; ma non tornava più, e molto s'impazientivano di non veder-lo tornare. Finalmente, quando si stava già per mandarlo a premurare, si udirono delle grida infantili in camera di Furbo. Grande fu lo stupore in tutti, perchè di bambini non se ne vedevano. Qualcuno prestò ascolto, e così scoprirono che le grida venivano dalle scatole dell'empirico.

Erano infatti i nipotini di Finetta. La principessa gli avea fatti ben nudrire prima di portarli a palazzo; ma poichè parecchio tempo era passato, i piccini volevano altro nutrimento, epperò si dole-vano. Aperte le scatole vi si trovarono con sorpresa due marmocchi bellissimi. Furbo indovinò all'i-stante essere questo un altro tiro di Finetta; e tanta rabbia ne prese, che le ferite s'inacerbirono e lo ridussero per davvero agli estremi.

Belvedere ne fu addoloratissimo; e Furbo, perfido fino all'ultimo, volle abusare dello affetto del fratello.

— Tu sempre m'amasti, disse, e piangi ora la mia perdita. Non ho più bisogno di altre prove di devozione, visto che muoio. Ma se davvero ti fui caro, promettimi di accordarmi il favore che ti chiederò.

Belvedere, incapace di negargli alcunchè in momenti come quelli, promise coi più terribili giuramenti che tutto avrebbe fatto.

— Ebbene, esclamò Furbo abbracciandolo; io muoio contento, poichè sarò vendicato. Unica mia preghiera è questa che tu, appena morto io, domandi la mano di Finetta. Senza dubbio, ti sarà concessa; e non sì tosto la avrai in tuo potere, conficcale un pugnale nel cuore.

A tali parole Belvedere ebbe un tremito di orrore; si pentì delle imprudenti promesse, ma non era più tempo di disdirsi, nè egli diè a vedere il suo pentimento al fratello, che poco dopo morì. Il re Molto-Benigno ne provò un vivo dolore. Quanto al popolo, tutti si rallegrarono che la morte di Fur-bo assicurasse la successione del regno a Belvedere, il cui merito era riconosciuto e universalmente stimato.

Finetta, tornata ancora una volta dalle sorelle, fu informata della morte di Furbo, e poco do-po ebbe l'avviso del ritorno del padre. Arrivò questi nella torre, e suo primo pensiero furono le co-nocchie. La Sciattona corse a prendere la conocchia di Finetta, e la mostrò al re; poi, fatta una pro-fonda riverenza, la riportò a posto. La Ciarliera fece lo stesso; e finalmente Finetta portò la sua. Ma il re, che era sospettoso, volle veder le tre conocchie in una volta. Solo Finetta potè rispondere all'invi-to; e il re montò in tanta furia contro le figlie maggiori, che subito le mandò dalla Fata che gli avea fornito le conocchie, pregandola di tenerle sempre con sè e di castigarle come si meritavano.

Per cominciare, la Fata le menò in una galleria del suo castello incantato, dov'era dipinta la storia di moltissime donne, illustri per virtù e per vita laboriosa. Per mirabile fatagione, tutte le figure aveano movimento ed erano in azione da mane a sera. Si vedevano in ogni parte trofei e motti in onore di codeste donne virtuose; nè fu poca mortificazione per le due sorelle paragonare il trionfo di quelle eroine con la situazione abbietta in cui l'imprudenza aveale ridotte. Per colmo di dolore, disse gravemente la Fata che se si fossero occupate come quelle di cui vedevano i ritratti, non sarebbero piombate negli indegni traviamenti che le avean perdute; ma che l'ozio era il padre d'ogni vizio e la sorgente di tutte le loro sventure.

Soggiunse la Fata che per evitare una ricaduta e per riparare al tempo perso, bisognava occu-parsi. Obbligò dunque le principesse alle fatiche più grossolane e vili; e senza riguardo per la loro carnagione, le mandò a cogliere ceci e a strappar le male erbe nei suoi giardini. La Sciattona non res-se a lungo, e morì di dolore e di stanchezza. La Ciarliera, che trovò mezzo di scappar nottetempo dal castello della Fata, si ruppe la testa contro un albero e morì dalla ferita fra le mani dei contadini.

Buona com'era, Finetta si afflisse della sorte misera delle sorelle. Seppe intanto che il principe Belvedere l'avea fatta domandare in isposa e che il re suo padre avea consentito senza avvertirla: poichè fin da quel tempo l'inclinazione era l'ultima cosa che si consultasse nei matrimoni. Alla noti-zia, Finetta si atterrì; temeva, con ragione, che l'odio di Furbo non fosse passato nel cuore del fratel-lo, il quale forse e senza forse meditava la vendetta. Piena di questa inquietitudine, la principessa corse dalla Fata, la quale tanto stimava lei per quanto disprezzava la Ciarliera e la Sciattona.

La Fata nulla volle svelare a Finetta. Disse solo:

— Principessa, voi siete giudiziosa e prudente; le misure adottate finora son figlie di questa verità che prudenza è madre di sicurezza. Non dimenticate l'importanza di questa massima, e riusci-rete ad esser felice senza il soccorso dell'arte mia.

Non avendo potuto cavare altri chiarimenti, Finetta se ne tornò a palazzo estremamente con-turbata.

Pochi giorni dopo, un ambasciadore la sposò in nome di Belvedere e la menò dallo sposo in un magnifico equipaggio. Fu accolta in gran pompa alle prime due città di frontiera, e nella terza tro-vò il principe Belvedere, venutole incontro per ordine del padre. Tutti stupivano in veder la tristezza del principe alla vigilia di un matrimonio tanto sospirato; il re stesso ne lo sgridava e lo avea manda-to, mal suo grado, a ricever la principessa.

Vistala appena, Belvedere fu abbagliato da tanta bellezza, e gliene fece i suoi complimenti, ma con tanta confusione da far temere alle due corti che il grande amore gli avesse fatto perdere il cervello. Tutta la città rintronava di grida gioconde, di concerti, di fuochi. Finalmente, dopo una magnifica cena, gli sposi si ritirarono.

Finetta, ricordando sempre le massime della Fata, avea fatto il suo progetto. Comprata una delle donne che avea la chiave dell'appartamento destinatole, le aveva ordinato di portar là una ve-scica, della paglia, del sangue di montone, e le interiora di vari animali mangiati a cena. Entrata con un pretesto nel gabinetto, la principessa fece una figura di paglia e vi ficcò dentro le interiora e la ve-scica di sangue. Aggiustò poi in capo a quella figura una bella cuffia. Ciò fatto, raggiunse la brigata, e poco dopo principe e principessa furon condotti in camera loro. Fatti i dovuti preparativi di toletta, la dama d'onore prese i candelabri e si ritirò. Subito Finetta gettò sul letto la donna di paglia e si riti-rò in un angolo.

Dopo aver sospirato due o tre volte il principe afferrò la spada e passò da parte a parte il cor-po della pretesa Finetta. Sentì subito scorrere il sangue da tutte le parti e trovò la donna di paglia senza movimento.

— Che feci? esclamò Belvedere — Come! dopo tante crudeli agitazioni, dopo aver tanto esi-tato a serbare il giuramento a costo d'un delitto, ho tolto la vita a un'amabile principessa che ero nato per adorare! Le sue grazie mi rapirono dal primo istante che la vidi; ma non ebbi la forza di tradire un giuramento strappatomi da un fratello furibondo, avido di vendetta! Oh cielo! ed è mai possibile che si voglia punire una donna, sol perchè virtuosa? Ebbene! ecco compiuta, o fratello, la tua vendet-ta; ma ora mi tocca vendicar Finetta con la mia morte. Sì, bella principessa, la stessa spada...

Capì Finetta che il principe, cui la spada era sfuggita di mano, la cercava ora per trafiggersi; e subito gli gridò:

— Principe, io non son morta. Il vostro buon cuore m'ha fatto indovinare il vostro pentimen-to; e con un'astuzia innocente vi ho risparmiato un delitto.

E qui Finetta narrò al principe lo stratagemma della donna di paglia. Il principe, fuor di sè dalla gioia, ammirò la prudenza di lei, e le fu gratissimo di avergli impedito di commettere un orren-do misfatto. Non capiva ora come mai avesse avuto la debolezza di non vedere la nullità dei giura-menti strappatigli con un perfido artifizio.

Eppure se non fosse stata ben persuasa che prudenza è madre di sicurezza, Finetta sarebbe stata uccisa, e la sua morte avrebbe portato per conseguenza quella di Belvedere; e poi ogni sorta di ragionamenti si sarebbero fatti sulla bizzarria dei sentimenti di cotesto principe. Evviva la prudenza con la presenza di spirito! I due sposi ne furono preservati dalla sventura e consacrati alla sorte più dolce. Si amarono sempre con grande affetto, e trascorsero molti e molti giorni in una gloria e una felicità che sarebbe difficile descrivere.

Morale

Cento volte la mia balia, invece delle solite favole di animali mi ha contato questa mirabile storia. Vi si vede un principe malvagio, carico di guai, trascinato nel vizio dalla perfida indole. Vi si vede come due principesse imprudenti, che passarono i giorni in vuote mollezze e miseramente si perdettero, furono prontamente e giustamente punite. Ma, di contro al vizio punito, si vede qui la virtù trionfante e coperta di gloria. Dopo mille incidenti imprevedibili, la saggia Finetta ed il genero-so Belvedere, arrivano a godere una perfetta beatitudine. Sì, queste storie fanno più colpo che non le gesta della bertuccia o del lupo, ed io, come tutti i ragazzi, mi divertivo un mondo. Ma piaceranno queste favole anche agli spiriti colti ed eletti. Si rievochino le ingenue narrazioni dei trovatori e si vedrà che non valgono meno delle fantasie di Esopo.

51

I REGALI DEGLI GNOMI

Viaggiavano insieme un sarto e un fabbro ferraio. Una sera, mentre il sole tramontava dietro i monti, udirono di lontano il suono d'una musica che via via si faceva più chiaro. Era un suono straordinario, ma così delizioso da far loro dimenticare la stanchezza e da spingerli quasi di corsa verso la parte dond'esso veniva. Era già sorta la luna, quando arrivarono ad una collina sulla quale videro una folla di omiciattoli e di donnettine che allegramente ballavano in tondo, tenendosi per mano. Cantavano anche melodiosamente, e questa era la musica che i viaggiatori avevano udito. Stava nel mezzo un vecchio, un po' più alto dei compagni, con indosso una veste screziata e con una barba bianca che gli scendeva sul petto. I due amici stettero a guardare a bocca aperta. Il vecchio fe-ce lor cenno di avanzarsi, e i piccoli ballerini fecero largo. Il fabbro ferraio entrò nel cerchio senza esitare un momento; aveva la schiena alquanto curva ed era temerario come tutti i gobbi. Il sarto in-vece, spaurito alla bella prima, si tenne indietro, ma quando vide che tutti rideano e si spassavano, si fece coraggio ed entrò anche lui. Di botto, rinchiusosi il cerchio, gli omicciattoli ripresero a cantare e a ballare, spiccando salti prodigiosi, ma il vecchio, afferrato un coltellaccio che aveva alla cintola, si diè ad affilarlo e poi si voltò verso i due nuovi venuti. Figurarsi la loro paura! In un lampo il vecchio agguantò il fabbro ferraio e con due o tre botte gli tagliò interamente barba e capelli; poi, senza per-der tempo, fece lo stesso al sarto. Finito che ebbe, battè loro amichevolmente sulla spalla, come per dire che aveano fatto benissimo a lasciarsi radere senza opporre resistenza. Indicò poi col dito un mucchio di carboni che sorgeva poco discosto, e fece intendere a segni che se ne empissero le tasche. Obbedirono tutti e due, senza sapere che ne avrebbero fatto di quel carbone, e si rimisero in cammi-no cercando un qualunque ricovero per la notte. Arrivando nella valle, sentirono la campana d'un convento battere la mezzanotte: nel punto stesso, tacque il canto, tutto disparve, ed essi non altro videro che la collina deserta rischiarata dalla luna.

I due viaggiatori trovarono un albergo e si coricarono bell'e vestiti sulla paglia, scordandosi per la grande stanchezza di sbarazzarsi dei carboni. Se non che, un peso insolito che gli schiacciava li fece svegliare a punta di giorno. Si toccarono le tasche, e non credettero agli occhi propri quando le trovarono piene, non già di carboni ma di verghe di oro vergine. Anche la barba e i capelli erano ri-cresciuti a meraviglia. Erano ricchi oramai; soltanto il fabbro ferraio, che per avidità avea più del sar-to rimpinzato le tasche, possedeva il doppio della ricchezza.

Ma un uomo avido vuol sempre aver di più. Il fabbro propose dunque al compagno di tratte-nersi ancora un giorno e di andar la sera dal vecchio per guadagnare altri tesori. "No, rispose il sarto, per me, son contento; aprirò bottega da me, sposerò la mia cara e sarò felice". Nondimeno, per far piacere all'amico consentì a trattenersi un giorno di più.

Venuta la sera, il fabbro si caricò di due sacchi e si mise in cammino verso la collina. Come la notte precedente, trovò gli omicciattoli che cantavano e ballavano. Il vecchio lo rase e gli accennò di prendere i carboni, nè quegli se lo fece dir due volte, anzi riempì i sacchi quanto più poteva, scappò all'albergo e si ficcò tutto vestito in letto. "Quando l'oro, disse fra sè, comincerà a pesare, lo sentirò", e si addormentò nella dolce speranza di svegliarsi più ricco d'un Creso.

Appena aperti gli occhi, suo primo pensiero fu di cacciarsi le mani in tasca; ma per quanto frugasse, non vi trovò che carboni. "Almeno, pensò, mi resta l'oro che ho guadagnato l'altra notte." Andò subito a vedere; ma anche quello, ahimè! era ridiventato carbone. Si diè con la mano tinta un colpo alla fronte e sentì di aver la testa calva e rasa come il mento. Eppure, non conosceva ancora tutta la sua disgrazia; e di lì a poco si avvide che alla gobba che aveva di dietro se n'era aggiunta un'altra davanti. Sentì che quello era il castigo della sua ingordigia e si diè a lamentarsi ed a piangere. Il buon sarto, svegliato da quel piagnisteo, si svegliò e cercò di consolarlo. "Noi, disse, siamo compagni, ab-biamo insieme fatto il viaggio; resta con me e la ricchezza mia basterà a farci campare tutti e due."

Mantenne la promessa, ma il fabbro dovette pur troppo portar tutta la vita le due gobbe e na-scondere sotto un berretto la testa pelata.

LA REGINA DELLE API

C'erano una volta due figli di re, che se n'andarono in cerca di avventure e si dettero tanto al-lo stravizzo e alla pazzia, che non tornarono più alla casa paterna. Il fratello loro più piccolo, chiama-to lo sciocchino, si mise alla loro ricerca; ma quando gli ebbe trovati, si vide rider sul muso dai due scapati, perchè, dicevano, egli avea la dabbenaggine di volersi dirigere in un mondo nel quale tutti e due s'erano perduti, pure avendo tanto più giudizio di lui.

Si misero insieme in cammino e trovarono un formicaio. I due più grandi voleano metterlo sossopra, per divertirsi allo sbandamento e alla fuga delle formiche; ma lo sciocchino disse:

— Lasciate in pace le povere bestiole; non voglio che le disturbiate.

Più in là trovarono un lago, sul quale nuotavano non so quante anitre. I due più grandi fecero per pigliarne una coppia per poi arrostirle; ma il giovane si oppose dicendo:

— Lasciate in pace le povere bestie, non voglio che le uccidiate.

Ancora più in là, videro in un albero un nido di api, così pieno di miele che se ne vedea colare lungo il tronco. I due più grandi voleano accendere una fiammata per affumigar le api e impadronirsi del miele. Ma lo sciocchino li trattenne, e disse:

— Lasciatele in pace, non voglio che le bruciate.

Arrivarono finalmente in un castello, dove le scuderie erano piene di cavalli cambiati in pie-tra. Non c'era anima viva. Traversarono tutta la sala e urtarono in fondo ad una porta chiusa con tre serrature. In mezzo alla porta ci era un finestrino, dal quale vedeasi un appartamento. Un omicciatolo dai capelli grigi stava seduto ad una tavola. Lo chiamarono una e due volte, ma quegli non si mosse; alla terza, si alzò, aprì e andò loro incontro. Poi, senza aprir bocca, li menò ad una tavola lautamente imbandita, e, dopo fattili mangiare e bere, assegnò a ciascuno una camera da letto.

La mattina appresso, si presentò il vecchietto al fratello maggiore, e fattogli segno di seguirlo, lo condusse davanti a un tavolone di pietra, sul quale erano scritte tre prove nelle quali bisognava riuscire per liberare il castello dall'incantesimo. La prima era di cercar nell'erba, in mezzo ai boschi, le mille perle della principessa che vi erano state seminate: e se mai chi le cercava non le avesse tutte trovate prima del tramonto del sole, sarebbe stato cambiato in pietra. Il più grande dei fratelli passò tutto il giorno a cercar le perle; ma, venuta la sera, non ne aveva trovato più di cento, e fu cambiato in pietra, come stava scritto sulla tavola. Il giorno appresso, toccò al secondo fratello; andò, cercò, trovò duecento perle soltanto, e fu anch'egli cambiato in pietra.

Venne finalmente la volta dello sciocchino. Si diè il poveretto a cercar nell'erba, ma essendo la fatica lunga e difficile, cadde a sedere sopra un sasso e si mise a piangere. Quand'ecco, che è, che non è, arriva il re delle formiche, al quale lo sciocchino avea salvato la vita, seguito da cinquemila sudditi, e in meno di niente gl'industri animaletti ebbero raccolto e ammonticchiato le perle.

La seconda prova consisteva nel ripescare dal fondo del lago la chiave della camera della principessa. Accostatosi appena il giovane, le anitre da lui salvate gli vennero incontro, si tuffarono nell'acqua e tornarono a galla con la chiave.

Ma la terza prova era la più difficile: bisognava riconoscere la più giovane e la più bella delle tre principesse addormentate. Tutt'e tre si assomigliavano a capello: unica cosa che le distinguesse era questa, che prima di addormentarsi la prima aveva mangiato un pezzettino di zucchero, la secon-da aveva bevuto un sorso di sciroppo e la terza ingoiata una cucchiaiata di miele. Ma la regina delle api, che il giovane aveva salvato dal fuoco, venne in suo soccorso: andò a fiutare la bocca delle tre principesse, e si fermò sulle labbra di quella che aveva ingollato il miele: così il principe sciocchino la riconobbe. Allora, l'incanto fu distrutto, il castello si destò dal magico sonno, e tutti quelli che erano cambiati in pietra ripresero la forma umana.

Sciocchino, per sciocchino che fosse, sposò la più giovane e la più bella delle principesse e fu coronato re dopo mortogli il padre. Gli altri due fratelli poi sposarono le due altre sorelle.

IL VECCHIO NONNO E IL NIPOTINO

C'era una volta un povero vecchio, che avea gli occhi appannati, duro l'orecchio e deboli le ginocchia. A tavola reggeva a mala pena il cucchiaio; versava il brodo sulla tovaglia, e qualche volta anche se lo facea colar dalla bocca. La moglie del figlio, e il figlio stesso, n'erano a tal segno nauseati che lo relegarono dietro la stufa, dove gli davano da mangiare una misera pietanza in una vecchia scodella di creta. Spesso spesso il vecchio avea le lagrime agli occhi e guardava malinconico verso la tavola. Un giorno, dalle mani tremolanti gli cadde la scodella e si ruppe. La giovane andò in bestia e lo sgridò, nè il pover'uomo osò fiatare, contentandosi di abbassar la testa. Gli fu comprata per due soldi una scodella di legno, e in questa gli si serviva il pasto.

Pochi giorni dopo, il figlio e la nuora videro il loro bambino, che aveva solo quattro anni, oc-cupato a raccogliere delle assicelle per terra.

— Che fai costi? gli domandò il babbo.

— Voglio fare una tinozza, rispose il piccino, per dar da mangiare a te e alla mamma, quando sarete vecchi.

Marito e moglie si guardarono un momento in silenzio, poi si misero a piangere, ripresero il vecchio a tavola, e d'allora in poi lo fecero sempre mangiar con loro, senza mai più sgridarlo.

GIANNI IL FEDELE

C'era una volta un vecchio re che cadde ammalato. Sentendosi vicino a morte, chiamò il fe-dele Gianni, il più caro fra i suoi servi, così detto perchè tutta la vita era stato fedele al padrone. Ve-nuto che fu, gli disse il re:

— Sento, Gianni mio, che la fine non è lontana. Solo di mio figlio sto in pensiero... È giova-ne; non saprà sempre dirigersi; nè io morrò tranquillo, se tu non mi prometti di vegliar su lui, d'istruir-lo, d'esser per lui un secondo padre.

— Vi prometto, rispose Gianni, di non abbandonarlo; lo servirò fedelmente, a costo anche della vita.

— Posso dunque morire in pace, disse il vecchio re. Dopo la mia morte, gli farai vedere tutto il palazzo, tutte le camere, le sale, i sotterranei con le ricchezze che contengono... Bada però a non farlo entrare nell'ultima camera della grande galleria, dove trovasi il ritratto della principessa del Duomo d'oro. Perchè se vede quel ritratto, sarà preso per la principessa da un amore irresistibile che lo esporrà ai più tremendi pericoli. Fa il possibile che non lo veda.

Gianni il fedele tornò a promettere, e il vecchio re, ormai tranquillo, posò la testa sul guancia-le e spirò.

Sotterrato che l'ebbero, Gianni riferì al giovane principe quanto avea promesso al letto di morte del padre.

— Manterrò la parola, soggiunse, e sarò fedele a voi come fui a vostro padre, anche a costo della vita.

Passato il lutto stretto, Gianni disse al nuovo re:

— È tempo che conosciate la vostra eredità. Visitiamo il palazzo di vostro padre.

Lo menò dapertutto, di sopra e di sotto, e gli mostrò tutti i tesori di cui rigurgitavano gli ap-partamenti, trascurando solo la stanza dov'era il ritratto pericoloso. Era questo situato in modo che, aprendo la porta, lo si vedeva subito, ed era così ben fatto da parer vivo e che nulla al mondo lo vin-ceva in bellezza. Il giovane re ben s'accorse che Gianni passava sempre davanti a quella porta senza aprirla, e gliene domandò il motivo.

— Gli è, rispose Gianni, che c'è in quella camera una certa cosa che vi farebbe paura.

— Ho visto tutto il castello, disse il re, e voglio sapere quel che c' è qui.

E fece per forzar la porta.

Gianni il fedele lo trattenne.

— Promisi, disse, a vostro padre in punto di morte di non lasciarvi entrare in questa camera. I maggiori guai ne potrebbero venire per voi e per me.

— Il guaio più grosso, ribattè il re, è la mia curiosità insoddisfatta. Non avrò pace, se non avrò visto. Non mi movo di qua, se prima non apri.

Il povero Gianni, non potendo più oltre dir di no, se n'andò tutto afflitto e sospiroso a cercar la chiave. Aperta la porta, entrò per il primo, cercando di nascondere col proprio corpo il ritratto; ma non giovó, perchè il re, rizzatosi in punta di piedi, lo vide di sopra alla spalla di lui. Ma non sì tosto ebbe scorto la bella immagine scintillante d'oro e di gemme, stramazzò svenuto. Gianni il fedele lo sollevò e lo portò a letto mormorando;

- È fatto il guaio! Che ne sarà di noi, Dio mio!

Riconfortato da un sorso di vino, il re aprì gli occhi e domandò di chi era quel bel ritratto.

— È il ritratto della principessa del Duomo d'oro, rispose Gianni il fedele.

— È così grande il mio amore per lei, esclamò il re, che se tutte le foglie degli alberi fossero altrettante lingue, non basterebbero ad esprimerlo. La mia vita oramai le appartiene. E tu, che mi sei servo fedele, tu mi aiuterai.

Il fedele Gianni pensò a lungo in che modo adoperarsi pel suo re, perchè era assai difficile giungere fino alla principessa. Alla fine, escogitò un mezzo.

— Tutto ciò, disse, che circonda la principessa è d'oro: sedie, piatti, bicchieri, mobili. Voi, nel vostro tesoro, avete cinque tonnellate d'oro: bisogna darne una agli orafi perchè ve ne facciano vasi e ornamenti in forma di uccelli, belve, mostri, e simili. La principessa dev'essere amante di queste cose. Ci metteremo in viaggio con tutto il prezioso bagaglio e vedremo di riuscire.

Furono chiamati tutti gli orafi del regno, i quali lavorarono notte e giorno per approntar tutto in tempo. Si caricò tutta quella roba sopra una nave, e su questa s'imbarcarono il re e Gianni, travesti-ti da mercanti. Poi, spiegate le vele, salparono verso la città dove viveva la principessa dal Duomo d'oro. Gianni sbarcò solo, lasciando il re sulla nave.

— Forse, gli disse, condurrò qui la principessa. Fate che tutto sia in ordine, che siano esposti i vasi d'oro e parata a festa la nave.

Ciò detto, si cacciò varii gioielli nella cintola e andò difilato alla reggia.

Entrando nel cortile, vide una giovanetta che attingeva l'acqua da un pozzo con due secchie d'oro. Nel voltarsi per andar via, la fanciulla scorse il nuovo venuto e gli domandò chi fosse.

— Sono un mercante, rispose Gianni, tirando fuori la sua merce.

— Ah, che belle cose! esclamò ella posando a terra le secchie. Bisogna che la principessa ve-da questi gioielli; è certo che li compra, tanto le piacciono gli oggetti d'oro.

E presolo per mano, lo menò sopra nel palazzo.

La principessa fu incantata di tanta ricchezza e disse subito:

— Il lavoro è magnifico. Compro tutto.

Ma il fedele Gianni rispose:

— Io son soltanto il servo di un ricco mercante; tutto quel che qui vedete non è niente a con-fronto degli oggetti esposti sulla nave: vedrete là, se ci venite, lavori nuovi e stupendi.

La principessa volea che glieli portassero alla reggia, ma Gianni rispose:

— Sono tanti e tanti, che ci vorrebbe troppo tempo e troppo spazio, nè il vostro palazzo ba-sterebbe.

— Ebbene, esclamò ella più che mai curiosa, andiamo sulla nave, voglio veder con gli occhi miei i tesori del tuo padrone.

Il fedele Gianni tutto allegro la condusse alla nave, e il re, vistala appena, la trovò più bella del ritratto e si sentì forte battere il cuore. Le porse la mano e la fece salire a bordo. Allora, Gianni, cogliendo il momento, ordinò al capitano di levar l'ancora e di fuggire a vele spiegate. Il re, disceso con lei sotto coperta, le andava mostrando uno ad uno tutti i pezzi delle stoviglie d'oro, i piatti, le coppe, gli uccelli, le belve, i mostri. Passarono così parecchie ore, nè ella accorgevasi, tanto era assor-ta nell'ammirare gli oggetti, che la nave correva. Quand'ebbe finito, ringraziò il finto mercante e fece per tornare al suo palazzo; ma, salita sul ponte, vide di trovarsi in alto mare, molto lontano dalla ter-ra, e che la nave filava col vento.

— Sono tradita! gridò spaventata. Mi portan via! Ah! son caduta nelle mani d'un mercante... Meglio se fossi morta! Ma il re le disse, prendendola per mano:

— Non son mercante io; sono re, non meno nobile di voi. Se con inganno vi ho rapita, incol-patene la violenza del mio amore. Basta dirvi che la prima volta che vidi il vostro ritratto, caddi a terra privo di sensi.

Queste parole consolarono la principessa e la commossero a segno da farle consentire a sposa-re il re.

Un giorno, mentre continuavano a navigare, il fedele Gianni che stava seduto a prua, vide per aria tre cornacchie che gli si vennero a posar davanti. Capiva egli il linguaggio di quegli uccelli, eppe-rò porse ascolto a quel che dicevano.

— Ebbene, disse la prima, ecco che si porta via la principessa del Duomo d'oro!

— Sì, rispose la seconda, ma ancora non è sua.

— Come! esclamò la terza, gli sta seduta a fianco.

— Che importa! riprese la prima. Quando sbarcheranno, sarà presentato al re un cavallo baio dorato; egli farà per montare in sella; ma, se lo monta, il cavallo spiccherà il volo con tutto il cavalie-re, e di loro non s'avranno più notizie.

— Ma, osservò la seconda, non ci sarebbe una via di salvezza?

— Una ce n'è, disse la prima; bisogna che un'altra persona si slanci sul cavallo e, afferrata una delle pistole dell'arcione, lo ammazzi con un colpo. Così solo il re sarebbe salvo. Ma chi mai può sa-per questo? E poi anche, colui che lo sapesse e lo dicesse, sarebbe cambiato in pietra dai piedi fino ai ginocchi.

La seconda cornacchia soggiunse:

— Io so pure un'altra cosa. Dato che il cavallo sia ammazzato, nemmeno allora il re avrà la sua sposa. Entrando con lei nella reggia, gli sarà presentata sopra un vassoio una magnifica camicia di nozze che sembrerà tessuta d'oro e d'argento, ma che in effetto non è che di pece e di solfo: se il re la indossa, sarà bruciato fino al midollo delle ossa.

— Ma non ci sarebbe, disse la terza, una via di salvezza?

— Una ce n'è, rispose la seconda: bisogna che una persona che abbia i guanti alle mani afferri la camicia e la getti nel fuoco. Bruciata la camicia, il re sarà salvo. Ma a che giova ciò? Colui che lo sapesse e lo dicesse, sarebbe cambiato in pietra dai ginocchi fino al cuore.

La terza cornacchia soggiunse:

— Ed io so pure un'altra cosa. Bruciata, se mai, la camicia, nemmeno allora il re possederà la sua sposa. Se vi sarà un festino di nozze e se la giovane regina si metterà a ballare, verrà meno d'un colpo e stramazzerà come morta; e morirà per davvero, se non si trova uno che la sollevi subito e le succhi sulla spalla destra tre gocce di sangue, che subito dovrà sputare. Ma colui che sapesse questo e lo dicesse sarebbe cambiato in pietra dalla testa ai piedi.

Dopo questa conversazione ripresero il volo. Gianni il fedele, che tutto aveva inteso, restò tri-ste e pensoso. Tacendo, rovinava il re; parlando, rovinava sè stesso. Finalmente decise:

— Salverò il mio padrone, anche a costo della vita!

Allo sbarco, successe appuntino come la cornacchia avea predetto. Un magnifico cavallo baio dorato fu presentato al re.

— Bravo! disse il re, lo monterò fino a palazzo.

E stava già per balzare in sella, quando Gianni il fedele, passandogli davanti, si slanciò, cavò la pistola dall'arcione e con un colpo ammazzò l'animale.

Gli altri servi del re, che vedevano di mal occhio Gianni il fedele, esclamarono che bisognava esser pazzo per aver ucciso il bellissimo cavallo che il re stava per montare. Ma il re li riprese. — Ta-cete tutti! lasciatelo fare. Se così ha agito il mio fedele, vuol dire che ha le sue ragioni.

Arrivarono a palazzo, e nella prima sala la camicia di nozze era posata sopra un vassoio: pare-va d'oro e d'argento. Il re stava per toccarla; ma il fedele Gianni lo respinse e, afferratala coi guanti, la scagliò nel fuoco che in un attimo la consumò. Tutti i servi presero a mormorare:

— Vedi, vedi! ha bruciato la camicia di nozze del re!

Ma il re ripetette:

— Deve aver le sue ragioni. Lasciatelo fare: è il mio fedele.

Si fecero le nozze. Vi fu un grande festino, e la sposa cominciò a ballare. Gianni non la per-deva di vista. Di botto la vide vacillare e cadere a rovescio come morta. Gettandosi subito su di lei, la rialzò, la portò nella sua camera, l'adagiò sul letto, e le succhiò sulla spalla destra tre gocce di san-gue che subito sputò. Nel punto stesso, ella respirò e tornò in sè; ma il re che tutto avea visto e che non si spiegava la strana condotta di Gianni, andò in furia e lo fece gettare in prigione.

Il giorno appresso Giovanni il fedele fu condannato a morte e menato al patibolo. Montato che ebbe la scala, egli disse:

— In punto di morte, si permette ad ogni condannato di parlare. Posso io dir due parole?

— Accordato, disse il re.

— Ebbene! mi si è condannato ingiustamente, ed io non ho cessato un sol momento di esserti fedele. Narrò allora della conversazione delle cornacchie, e provò che quanto avea fatto era indi-spensabile alla salvezza del re.

— O mio fedele Gianni, esclamò il re, io ti fo grazia. Fatelo discendere.

Ma all'ultima parola uscitagli di bocca, Gianni il fedele era caduto morto, e diventato di pie-tra.

Il re e la regina ne furono addoloratissimi.

— Ahimè! diceva il re, tanta devozione è stata assai male ricompensata.

Si fece portare in camera la statua di pietra e se la mise accanto al letto. Ogni volta che la ve-deva, ripeteva piangendo

— Ahimè! Gianni mio fedele, perchè non poss'io renderti la vita!

In capo a un certo tempo, la regina diè alla luce due gemelli, che con ogni cura allevò e che divennero la gioia dei genitori. Un giorno che la regina era in chiesa e che i due bambini scherzavano in camera del padre, gli occhi del re caddero sulla statua, ed egli non potè fare a meno di ripetere so-spirando:

— Ah! Gianni mio fedele, perchè non poss'io renderti la vita!

Ma la statua, animatasi di botto, disse:

— Tu lo puoi, se vorrai sacrificare quel che hai di più caro.

— Tutto quanto possiedo al mondo, esclamò il re, lo sacrificherò per te!

— Ebbene! riprese la statua, per farmi tornar vivo, bisogna che tu mozzi il capo ai due figli tuoi e che mi unga tutto col loro sangue.

All'orrenda condizione il re impallidì, ma pensando alla devozione del servo fedele che per lui avea dato la vita, sguainò la spada, tagliò netto la testa ai due bimbi e col loro sangue strofinò la pietra. Nel punto stesso, la statua si rianimò; e Gianni il fedele gli stette davanti vegeto e sano. Ma egli disse al re:

— La tua affezione per me avrà la sua ricompensa.

E, prese le due teste mozze, le adattò sulle spalle dei piccini e strofinò la ferita col loro stesso sangue. Subito i piccini tornarono vivi, e si misero a saltare e a giocare come se niente fosse.

Il re era fuor di sè dalla gioia. Quando sentì tornar la regina, fece nascondere in un grande stipo Gianni e i bambini. Vedendola, domandò:

— Hai pregato in chiesa?

— Si, rispose la regina, e ho sempre pensato a Gianni il fedele, così disgraziato a cagion no-stra.

— Moglie cara, disse il re, noi possiamo rendergli la vita, però dovremo sacrificare quella dei nostri due figliuoli.

La regina impallidì ed ebbe una stretta al cuore. Nondimeno rispose:

— Dobbiamo questo sacrificio alla sua devozione.

Il re, tutto contento che lo stesso pensiero le fosse venuto che a lui, andò ad aprir lo stipo e ne fece uscire Gianni il fedele e i due bimbi.

— Dio sia lodato! disse. Gianni è risuscitato e noi abbiamo i figli nostri.

E narrò alla regina quanto era successo. E tutti insieme poi vissero felici e contenti fino alla fine.

PER MANCANZA D'UN CHIODO

Un mercante avea fatto buoni negozi alla fiera: tutta la mercanzia venduta, e la borsa piena d'oro e d'argento. Volendo subito mettersi in cammino per arrivare prima di notte, chiuse il danaro nella valigia, si caricò questa dietro la sella e montò a cavallo.

A mezzogiorno, si fermò in una città; e stava già per ripartire, quando il mozzo di stalla por-tandogli il cavallo gli disse:

— Signore, al vostro cavallo manca un chiodo al ferro del piede sinistro di dietro.

— Sta bene, rispose il mercante; per una ventina di miglia che mi resta da fare, il ferro regge-rà. Ho fretta.

Verso sera, smontò di nuovo per far mangiare un po' di fieno al cavallo. Il mozzo si presentò e gli disse:

— Signore, il vostro cavallo ha il piede sinistro di dietro sferrato. Volete che lo porti dal ma-niscalco?

— No, no, rispose il mercante; per cinque miglia che mi avanzano, il cavallo andrà lo stesso. Ho fretta.

Rimontò in sella e via. Ma poco dopo, il cavallo cominciò a zoppicare; ancora più in là, ince-spicò due o tre volte; e alla fine cadde con una gamba rotta. Il mercante fu costretto a lasciarlo lì. Staccò la valigia, se la mise addosso, e seguitò a piedi fino a casa, dove non arrivò che a notte inol-trata.

— Quel maledetto chiodo a cui non si vuol badare, andava borbottando, è causa di tutti i guai! Affrettatevi lentamente.

I TRE CAPELLI D'ORO DEL DIAVOLO

C'era una volta una povera donna, che diè alla luce un figlio, al quale, poichè era venuto al mondo con la cuffia, fu predetto il giorno stesso della nascita che a quattordici anni avrebbe sposato la figlia d'un re.

Passò intanto il re dal villaggio, senza che alcuno lo riconoscesse; e chiesto quel che c'era di nuovo, si sentì rispondere che era nato un bambino con la cuffia, che quanto avesse intrapreso gli riuscirebbe e che a quattordici anni, secondo la predizione, avrebbe sposato la figlia d'un re.

Il re ch'era cattivo, si seccò della cosa. Andò dai genitori del bimbo e disse loro in tono affa-bile:

— Voi siete povera gente; datemi il bimbo, che ne avró cura io.

Rifiutarono quelli; ma poi, vistosi offrir dell'oro, pensarono che se il bimbo era nato con la cuffia, tutto quel che accadeva era pel suo bene. E lo cedettero al re.

Il re lo ficcó in una scatola, montó a cavallo, arrivó alla riva d'un fiume profondo e gettó la scatola nell'acqua pensando così di aver liberato la figlia da uno sposo che non era fatto per lei. Ma la scatola, non che affondare, galleggiò come una barchetta, senza che una stilla d'acqua vi entrasse, e andò andò fino a poche miglia dalla capitale, fermandosi contro la cateratta d'un mulino. Un gar-zone mugnaio, che per buona sorte se n'avvide, l'attirò con un rampino. Si aspettava di trovarvi den-tro chi sa che tesori: figurarsi quando vide tanto di bambino grosso e vivace! Lo portò al mulino. Il mugnaio e la moglie, che non avean figli, lo accolsero come mandato da Dio, lo trattarono con gran-de affetto, lo allevarono, lo videro venir su forte e bravo.

Un giorno il re, colto dalla pioggia, entrò nel mulino e chiese al mugnaio se quel bel giovanot-to gli fosse figlio.

— No, Maestà, rispose quegli. È un trovatello che, quattordici anni fa, è arrivato in una sca-tola contro la cateratta del mulino. Uno dei miei garzoni l'ha tirato fuori dall'acqua.

Il re capì subito esser quello il bimbo nato con la cuffia da lui gettato nel fiume.

— Buona gente, disse, non potrebbe questo giovane portare una mia lettera alla regina? Gli darei due ducati d'oro di mancia.

— Come vuole vostra Maestà, rispose il mugnaio, e disse al giovane di tenersi pronto. Il re scrisse alla regina una lettera, ordinandole di fare arrestare il messaggiero, di metterlo a morte e sot-terrarlo, in modo di trovare le cose bell'e sbrigate al suo ritorno.

Il giovane si mise in cammino con la lettera, ma si smarrì e arrivò la sera in un gran bosco. Un lumicino splendeva lontano fra le tenebre, ed egli, andato verso quella parte, arrivò ad una casipola, dov'era una vecchia seduta accanto al fuoco.

— Donde vieni e che vuoi? domandò sorpresa la vecchia.

— Vengo dal mulino, porto alla regina una lettera; mi sono smarrito per via e vorrei passar qui la notte.

— Povero ragazzo! Tu sei capitato in una casa di ladri, e se ti trovano qui, sei bell'e spacciato.

— Come Dio vorrà! Io non ho paura... E poi son così stanco che mi è impossibile andar più lontano. Si coricò sopra una panca e si addormentò. Tornarono di lì a poco i ladri, e domandarono con rabbia che vi facesse là quell'intruso.

— Ah! disse la vecchia, è un povero ragazzo che s'è smarrito nel bosco. L'ho accolto per pie-tà. Porta una lettera alla regina.

I ladri presero la lettera, e videro che in essa si ordinava di mettere a morte il messaggiero. Benchè duri di cuore, ebbero compassione del poveretto. Il capo della banda strappò la lettera e la sostituì con un'altra, dov'era detto che, appena arrivato il giovane gli si facesse sposare la figlia del re. Lo lasciarono poi dormire fino all'alba, e quando lo videro desto, gli dettero la lettera e gli mo-strarono la via.

La regina, ricevuto il foglio, subito obbedì. Si fecero splendidi sponsali: la figlia del re sposò il giovane, e poichè lo trovò buono ed amabile, fu contentissima di viver con lui.

Dopo un po' di tempo tornò il re e trovò che la predizione s'era avverata.

— Come mai? esclamò. Io avea dato tutt'altro ordine nella mia lettera.

La regina gli diè a leggere il foglio, e pur troppo si avvide che c'era stata una sostituzione.

Domandò al giovane il re che n'avesse fatto dell'altra lettera, e come mai ne avesse recapitata una diversa.

— Non so nulla, rispose quegli. Me l'avranno cambiata di notte, mentre dormivo nel bosco.

— La cosa non passerà liscia, gridò il re stizzito. Chi pretende mia figlia m'ha da portar dall'inferno tre capelli d'oro della testa del diavolo. Va, portali qui, e mia figlia è tua.

Era sicuro il re che da un viaggio di quella fatta non si tornava.

— Il diavolo non mi fa paura, ribattè il giovane. Vado subito a cercare i tre capelli d'oro.

Si accomiatò, e via.

Arrivò a una gran città.

— Chi sei? che sai? domandò la sentinella alla porta.

— Tutto, egli rispose.

— Allora, facci sapere in cortesia perchè la fontana del nostro mercato, che gettava vino, adesso s'è seccata e non dà nemmeno più acqua.

— Aspetta, rispose, te lo dirò quando torno.

Più in là, arrivò in un'altra città. La sentinella gli chiese:

— Chi sei? che sai?

— Tutto.

— Allora facci sapere in cortesia perchè il grande albero della nostra città, che ci dava dei frutti d'oro, non ha nemmeno più foglie.

— Aspetta, te lo dirò quando torno.

Ancora più in là, arrivò a un gran fiume che bisognava traversare. Il barcaiuolo domandò:

— Chi sei? che sai?

— Tutto.

— Allora fammi sapere in cortesia se dovrò sempre restar qui senza mai aver la muta.

— Aspetta, te lo dirò quando torno.

Sull'altra riva, trovò la bocca dell'inferno. Era nera e affumigata. Il diavolo era fuori; la pa-drona di casa se ne stava sdraiata in un seggiolone.

— Che vuoi? gli domandò di assai buona grazia.

— Mi servono tre capelli d'oro della testa del diavolo, se no non mi si darà più mia moglie.

— Vuoi un po' troppo, in verità; e se il diavolo ti vede, povero te! Ma tu mi sei simpatico, ed io farò di aiutarti.

Lo trasformò in formica e gli disse:

— Arrampicati fra le pieghe della mia sottana: ci starai sicuro.

— Grazie, rispose egli. Ma anche tre cose vorrei sapere: perchè una fontana di vino adesso non getta più nemmeno acqua; perchè un albero dai frutti d'oro non ha più nemmeno le foglie; e se un certo barcaiuolo deve sempre rimanere al suo posto senza mai aver la muta.

— Son tre domande difficili, disse la donna, ma tu non ti muovere e sta attento a quel che il diavolo dirà quando gli strapperò i tre capelli d'oro.

Alla sera eccoti il diavolo di ritorno.

— Che odore è questo? esclamò appena entrato. Sento la carne umana qui.

E andò frugando in tutti gli angoli, ma inutilmente.

— Ho scopato or ora e rassettato, disse la padrona di casa, e tu mi metti tutto sossopra. Ti fi-guri sempre di sentire la carne umana. Siedi costì e cena.

Cenato che ebbe, il diavolo si sentì stanco. Appoggiò la testa in grembo alla padrona, pre-gando costei che gli cercasse i pidocchi; ma dopo un poco, dormiva sodo e russava. La vecchia af-ferrò un capello d'oro lo strappò e lo mise da parte.

— Ohe! gridò il diavolo. Che fai?

— Ho fatto un brutto sogno, rispose la padrona, ed io t'ho preso pei capelli.

— Che sogno?

— Mi pareva che la fontana d'un mercato che prima dava sempre vino, non desse ora nem-meno acqua. Che sarà mai?

— Ah, se lo sapessero! c'è un rospo sotto una pietra nella fontana, e solo che lo si ammazzi, il vino tornerebbe a zampillare.

La padrona tornò a cercargli in testa; il diavolo si riaddormentò e russò così forte che i vetri ne tremavano. Allora quella gli strappò un altro capello.

— Ohe! che fai?

— Nulla... È un sogno che ho fatto.

— Che sogno?

— Mi pareva che un albero dai frutti d'oro avesse ora perduto anche le foglie. Che sarà?

— Ah, se lo sapessero! C è un topo che rode le radici. Sol che lo si ammazzi, torneranno i frutti d'oro; se no, addio albero! Se mi svegli di nuovo ti do uno schiaffo.

La padrona lo calmò e tornò a cercargli in testa, aspettando che si riaddormentasse e russasse. Afferrò allora il terzo capello d'oro e lo strappò. Il diavolo si alzò strillando e voleva batterla.

— Oh! che colpa ci ho io? disse la donna. Un brutto sogno può venire a tutti.

— Che sogno?

— Mi pareva che un barcaiuolo si doleva nella sua barca che nessuno venisse mai a dargli la muta.

— Eh, balordo! al primo che si presenta per traversare il fiume non ha che da mettere il remo in mano, e così l'altro sarà obbligato a far da barcaiuolo.

Ottenute le tre risposte e strappatigli i tre capelli d'oro, la padrona lo lasciò dormire fino alla mattina. Quando il diavolo fu sortito di casa, la vecchia prese la formica fra le pieghe della sottana e le rese la figura di uomo.

— Ecco, disse, i tre capelli. Ma hai bene inteso le risposte del diavolo?

— Benissimo, e me ne ricorderò.

— Ebbene, eccoti cavato d'impaccio. Va, e buon viaggio.

Il giovane ringraziò la vecchia e uscì tutto contento dall'inferno.

Arrivato al fiume si fece prima traghettar di là, poi disse al barcaiuolo:

— Il primo che vien qui per traversare, mettigli in mano il remo.

Più in là, trovò la città dall'albero sterile e disse alla sentinella:

— Ammazzate il topo che rode le radici e riavrete i frutti d'oro.

La sentinella, per ringraziarlo, gli diè due somari carichi di monete.

Arrivò poi alla città dalla fontana, e disse alla sentinella:

— C'è un rospo sotto una pietra nella fontana; cercatelo, ammazzatelo, e il vino tornerà a zampillare in abbondanza.

La sentinella lo ringraziò e gli diè due somari carichi di monete.

Cammina, cammina, tornó finalmente dalla moglie, la quale tutta allegra lo accolse, sapendo da lui che ogni cosa era andata d'incanto.

Il re prese dalle mani di lui i tre capelli d' oro e molto si compiacque di vedere i quattro soma-ri carichi di monete.

— Ora, disse, tutte le condizioni son compiute, e mia figlia è tua. Ma dimmi, caro genero, dove hai pigliato tutto quest'oro?

— L'ho preso sull'altra riva di un fiume che ho traversato. È la sabbia che si trova per terra.

— Potrei raccoglierne anch'io?

— Quanta ne volete. Troverete un barcaiolo; dirigetevi a lui per passare, e potrete così empire i vostri sacchi.

L'avido monarca subito si mise in cammino, e arrivato al fiume, fè cenno al barcaiolo che s'accostasse.

Il barcaiolo lo prese a bordo, e quando furono sull'altra riva, gli consegnò in mano il re-mo e scappò via. Così il re diventò barcaiuolo in punizione dei suoi peccati.

— Ed è sempre barcaiuolo?

— Beninteso! perchè nessuno è venuto a dargli la muta e a prendersi il remo.